Dieses Buch
gehört:

Unternehmen
JOCOTOBI

Hansjörg Martin

Die Jagd nach den Goldmasken

Illustrationen
Frank Rosenzweig

Ein Abenteuerbuch von Pelikan

ISBN 3-8144-2001-2

Mitarbeit: Till Martin
Illustrationen: Frank Rosenzweig
Graphische Gestaltung: Leonore Wienstrath
Gesamtherstellung: Mohndruck
Printed in W.-Germany
Auflage 15 14 13 12 11 10 9 8 7 6 5 4 3 2 1

Inhalt

Bei Löffels ist was los
7

Der Schreck
23

„Krumme Hunde“ im Sekreto
44

Torte, Billie und ein Haufen Schrott
57

JOCOTOBI
85

Ein heißer Tip
108

Betrogene Betrüger
127

von Hansjörg Martin

Das sind die Abenteuer:

Die Jagd nach den Goldmasken
Ein Drachen und ein Schatz
Gefahr in den Ferien
Auch Wölfe fressen aus der Hand
Das Gartenlauben-Geheimnis

Bei Löffels ist was los

Als Joni und Conni am Montag mittags von der Schule nach Hause kamen, sahen sie schon von weitem die großen Lastwagen vor dem Haupteingang des Museums stehen.

„Sie sind da!“ rief Conni und lief schneller.

Es wurde gerade ausgeladen.

Die Packer schwitzten bei der schweren Arbeit, Dutzende von Kisten verschiedener Größe möglichst behutsam aus den Wagen zu heben und hineinzutragen.

„Paß doch auf, Mann!“ schimpfte einer.

„Halt die Klappe, faß lieber an!“ gab der andere zurück.

Sie ächzten an diesem Tag besonders, denn es war ein schwül-warmer Apriltag, zu warm eigentlich für die Jahreszeit. Außerdem mußten sie mit den großen Kisten ganz besonders vorsichtig umgehen.

Der Inhalt war sehr kostbar ...

Joni und Conni hatten sich schon tagelang auf die Ankunft der Kisten gefreut.

„Das wird ein echtes Super-Ding!“ hatte Conni seiner Schwester versichert.

Jetzt liefen sie gespannt die alte Marmortreppe zum Museumseingang hinauf, an den schwitzenden, stöhnenden Männern vorbei, in die Eingangshalle des großen Gebäudes; natürlich nicht, ohne das übliche „Mahlzeit!“ zu rufen, damit der Pförtner dasselbe darauf antworten konnte.

Er antwortete immer „Mahlzeit!“, egal, ob es morgens, mittags oder nachmittags war.

Das lag daran, daß er manchmal einschlief in seiner Museums-Pförtnerloge, weil es dort ziemlich ruhig und oft langweilig war.

Dann wußte er, wenn er aufwachte, nicht immer gleich, welche Tageszeit gerade war. Darum rief er lieber „Mahlzeit!“ – um nicht ganz so daneben zu liegen, als wenn er morgens „Guten Abend!“ oder abends „Guten Morgen!“ gesagt hätte.

Deshalb hatten Joni und Conni ihm den Spitznamen „Mahlzeit“ gegeben.

„Mahlzeit ist gar nicht in seinem Kasten“, sagte Joni, als sie daran vorbeiflitzten.

„Ja, komisch“, antwortete Conni leicht abwesend, weil ihn das im Moment kaum interessierte. Er dachte nur an die Kisten, die in der Halle standen.

„Toll, das sind sie!“ rief Conni, als sie angekommen waren.

Es roch gut nach dem frischen Kistenholz. Joni las die in großen Buchstaben daraufgemalten Worte laut vor: ‚Die Kultur der Inkas’ stand dort.

Es waren bestimmt an die fünfzig Kisten, die mit dieser Aufschrift versehen waren. Von unten brachten die Männer jetzt die letzten.

„So viel Zeug!“ staunte Joni.

„Ja, am Freitag sind schon die zwölf ganz wertvollen gekommen!“

„Da war ich ja leider nicht da“, sagte Joni, „da mußte ich zur Flötenstunde.“

„Dafür hatte ich aber massig Zeit, mir das anzusehen“,

meinte Conni, „und ich hab' auch Auspacken geholfen. Wenn du auch immer das Wochenende bei deiner albernen Freundin verbringst, dann kriegst du so was eben nicht mit!"

„Şükriye ist nicht albern! Du bist bloß eifersüchtig. Hätte ich mich wohl lieber ums kleine Brüderchen kümmern sollen?!"

„Bah ...!" machte Conni bloß.

Die Wanderausstellung war eine der besten, größten und vollständigsten, die es bisher zu dem Thema „Inkas" gegeben hatte. Aus der ganzen Welt, aus Museen, Archiven, Privatsammlungen waren die wichtigsten, prächtigsten und wertvollsten Stücke zusammengetragen und zusammengestellt worden.

Sie wurden nun in den großen Städten Europas jeweils für ein paar Monate gezeigt.

Jonis und Connis Vater, Dr. Hermann Löffel, war deshalb auch sehr glücklich gewesen, als die Entscheidung zugunsten ‚seiner' Stadt, ‚seines' Museums gefallen war.

Es war selbstverständlich nicht sein Museum, sondern ein städtisches, und er war dort als Museumsdirektor angestellt.

Vollständig hieß er Doktor phil. Hermann Walter Löffel. Und weil das so ernsthaft klang – wenn er sich zum Beispiel irgendwo vorstellte – bis dann ganz zum Schluß der lustige Nachname ‚Löffel' kam, hatten sich seine Frau und die Kinder immer wieder neue Spitznamen für ihn ausgedacht.

Aus Hermann war ‚Männe', aus ‚Männe' dann ‚Mä' geworden, aus ‚Mä' hatten Joni und Conni, weil sich das so nach Schaf anhörte, schließlich ‚Ovis' gemacht, was die lateinische Bezeichnung für Schaf ist. Conni hatte das zufällig im Lexikon entdeckt – und aus ‚Ovis' war schließlich ‚Ovi' geworden. Oft nannten sie ihren Vater also ‚Ovi', worüber Freunde sich wunderten, aber meist sagten sie ‚Paps' zu ihm oder, in ausgefallenen Situationen, ‚Herr Doktor!'

Joni und Conni freuten sich, wie schon gesagt, ebenfalls sehr über die Inka-Schätze, die ihr Museum nun für zwei Monate beherbergen sollte. Sie ahnten ja nicht, was für ein spannendes Abenteuer mit der Ausstellung für sie bereits angefangen hatte. Und wieviel Aufregung ihnen noch bevorstand . . .

Sie freuten sich ebenso wie ihr ‚Oberlöffel' – so wurde Vater manchmal auch bezeichnet. Und zwar als Retourkutsche für die ‚Teelöffel', mit denen er seine Kinder gelegentlich aufzog, um klarzumachen, daß sie ja nur die kleinen Löffel waren.

Überhaupt, fällt mir da auf, ist es ganz gut, ich erzähle jetzt mal mehr von den Löffels vor, bevor die turbulenten Ereignisse mit den Inka-Schätzen ihren Lauf nehmen.

Das ist Joni. Besser: die hier ist Joni. Denn Joni, vierzehneinhalb Jahre alt, ist ein Mädchen, schon ein bißchen mehr als ein Mädchen, mindestens ein Fräu-lein.

‚Joni' ist eine Abkürzung von Johanna, wie sie richtig heißt, und wird deshalb auch mit einem langen ‚O' ausgesprochen, also eher mit Doppelstrich-O oder mit einem H nach dem O – wie Ostern oder Ober.

Darauf legt sie auch viel Wert. Denn mit kurzem ‚O' hört sich Joni wie ein Jungen-Name auf englisch an: ‚Dschonnie' etwa – und dann ist es ja nichts Besonderes mehr. ‚Dschonnies' gibt's viele.

Etwas Besonderes ist Joni nämlich bestimmt. Das findet nicht nur ihr jüngerer Bruder Conni, der sie bewundert. Mit so einer Bruder-Bewunderung, die er nicht laut äußert, die aber immer da ist, weil sie – na ja, weil Joni eben eine ungewöhnliche Schwester ist.

So hat sie zum Beispiel etwas ganz Ungewöhnliches. Aber das ist eine Geschichte für sich:

An einem Samstagnachmittag vor ungefähr anderthalb Jahren hatte Joni heftigen Ärger mit ihrem Vater gehabt.

Beim Versuch, einen Hartgummiball über das Dach des Museumsanbaus zu werfen, in dem Löffels wohnen, war – so was kann ja mal vorkommen – eine Dachfensterscheibe kaputtgegangen.

O weh – Doktor Hermann Löffel stellte sich sonst zwar

nicht so an, aber diesmal gab's regelrechten Krach.

Sogar die geplante Sonntags-Radtour mit ihrer Freundin Şükriye verbot Papa Löffel.

Joni war sauer, doch als sie am Sonntagfrüh aus dem Fenster sah, schmolz ihr Zorn, denn es regnete in Strömen.

Sie kramte in ihrem Bücherregal und wollte sich gerade auf einen gemütlichen Lesevormittag einrichten, da rief der Oberlöffel:

„Du mußt gleich auf den Dachboden, Joni, und das kaputte Fenster irgendwie abdichten! Es regnet sonst durch!"

Sie gehorchte, stellte die lange Leiter an die Luke und hob die Klappe zum Boden.

Da hörte sie zum ersten Male das unheimliche Geräusch.

Es war ein dunkles, eigenartiges Grummeln und Glucksen.

Joni stand erstarrt.

Langsam und vorsichtig hob sie den Kopf durch die Luke und sah sich im Halbdunkel um.

Wieder das seltsame Knurren und Brummen!

Einen Augenblick schwankte Joni, ob es nicht besser sei, den Vater zu Hilfe zu holen – aber gerade jetzt, wo sie Ärger miteinander hatten – gerade jetzt wollte sie das nicht.

Also faßte sie sich ein Herz und stieg ganz hinauf.

Fast wäre sie rückwärts wieder hinuntergefallen vor Schreck, denn auf einmal, kaum daß sie das knarrende Gebälk betreten hatte, flog ihr mit lautem Klatschen etwas um die Ohren, so daß ihr Hören und Sehen verging.

Joni schlug die Arme über dem Kopf zusammen und duckte sich.

Stille ...

Und wieder das verrückte Geräusch und dazu ein Trappeln und Scharren ... ganz eigenartig!

Das Mädchen riskierte unter den schützenden Armen hindurch einen Blick, und nun sah sie, was das war: Eine aufgeregte, ängstliche Taube, die wohl durch das zerbrochene Fenster hereingeflogen sein mußte und nicht wieder hinausfand.

Joni atmete auf.

Sie kroch ganz langsam auf das Tier zu. Es ließ sich, nach einigem guten Zureden, schließlich sogar vorsichtig anfassen.

Joni nahm die Taube behutsam auf den Arm und stieg die Leiter hinab, um ihren Fund vorzuführen.

Ihr Vater kannte Tauben.

„Das ist eine Brieftaube“, sagte er, „eine ‚Coburger Lerche‘! Laß mal sehen, was sie für eine Ringnummer hat, dann rufen wir gleich den Tierschutzverein an. Vielleicht wird sie schon gesucht!“

Während Jonis Vater im Telefonbuch die Nummer suchte, gab Joni der Taube, die jetzt schon ganz ruhig auf ihrem Arm saß, in der Küche zu trinken und zu fressen.

Die Taube trank, indem sie den Schnabel bis zu den Nasenlöchern ins Wasser steckte und dann saugte.

„Das machen nur die Tauben so!“ erklärte Jonis Vater vom Telefon her.

Das Tier trippelte auf dem Küchentisch herum und fraß Haferflocken aus Jonis Hand und wurde immer zutraulicher.

Aber man sah, als die Taube so herumlief, daß ihr linker Flügel herunterhing und offenbar nicht ganz in Ordnung war. Sie schien ihn sich verletzt zu haben, als sie durch das zerbrochene Dachfenster geflogen war.

Jonis Vater telefonierte eine Viertelstunde lang mit allen möglichen Stellen und erhielt nur die Zusage vom Taubenzüchterverband, daß sie sich bemühen würden, den Besitzer des Tieres ausfindig zu machen.

Joni und Conni waren glücklich, daß der kleine gefiederte Findling nicht gleich wieder abgeholt wurde. Sie richteten ihm – gegen den leisen Protest ihrer Mutter – in Jonis Zimmer neben dem Bücherregal eine Art Nest ein, das aus einem großen Pappkarton mit Stoffresten bestand. Dahin setzte sich die Taube tatsächlich, nachdem sie gefressen und getrunken hatte, und schlief bald ein, sie war wohl sehr erschöpft von dem Irrflug.

Joni erfand den Namen Bibs, weil das Picken der Körner auf der Küchentischplatte so ähnlich wie bibs ... bibs ... bibs ... geklungen hatte.

Die nächsten Tage waren sehr spannend für die beiden Kinder, vor allem aber für Joni, der die Taube nicht von der Seite wich, wenn sie zu Hause war.

Aber es kam niemand, um den Vogel abzuholen. Herr Dr. Löffel telefonierte noch mit mehreren Stellen, jedoch ohne Erfolg. Nach zwei–drei Wochen war es klar, daß sie den Findling behalten würden.

Ein Freund des Museumsdirektors, Tierarzt Dr. Wermuth, behandelte den Flügel der Taube, heilte ihn auch so, daß sie wieder fliegen konnte, erklärte aber, daß sie für sehr lange Flüge sicher mit dem beschädigten Flügelgelenk so bald nicht brauchbar sein würde.

Das fand Joni nicht schlimm. Sie wollte Bibs ja nicht wieder verlieren.

Soweit die Geschichte von Jonis Vogel.

Merkwürdig war aber noch etwas anderes: Joni und die Brieftaube Bibs schienen sich manchmal richtiggehend zu verstehen.

Wenn Joni ihren zottigen Kopf mit den halblangen und dicken, dichten rotbraunen Haaren gelegentlich schieflegte und angestrengt über irgendwas nachdachte – wobei sie ihren Unterkiefer leicht vorschob, so daß ihre unteren Eckzähne, die etwas zu groß und spitz geraten waren, über ihre Oberlippe guckten – dann kam es vor, daß Bibs dasselbe zu tun schien.

Den Unterschnabel konnte sie ja schlecht vorschieben und Zähne hatte sie auch nicht, aber den Kopf legte sie genauso eigenartig schief, verdrehte dabei die Augen und sah aus, als dächte sie ebenfalls angestrengt über irgendwas nach.

Dann gab es plötzlich einen kleinen Ruck, der beide, Bibs und Joni, durchzuckte, und Jonis Gesicht straffte sich: Die Lösung der verflixten Mathe-Hausaufgabe war gefunden, die ersehnte Idee für den Hausaufsatz in Deutsch war da ... sonst irgendeine schwierige Sache war geschafft!

Dann trat Bibs gelockert von einem ihrer kleinen Vogelbeine aufs andere, und Joni lächelte.

Zuweilen sagte sie sogar ganz leise: „Ja, genau!" oder „Prima, da hätte ich doch auch gleich drauf kommen können!" – und man wußte nicht so ganz genau, ob sie das nur zu sich selbst sagte oder zu dem Vogel auf ihrer Schulter.

Ungewöhnlich war Joni auch sonst. Manchmal ‚ahnte' sie Sachen, von denen sie eigentlich keine Ahnung haben konnte.

Dann hielt sie zum Beispiel – obwohl ihr Bruder Conni gar nichts gesagt hatte – mitten auf der Rollschuhbahn plötzlich an (beide liefen leidenschaftlich gern Rollschuh!) und sagte zu ihm:

„Nee, du, laß das lieber, Conni, das kommt schon von ganz alleine in Ordnung!"

Und Conni ließ das dann auch, was ihm gerade durch den Kopf gegangen war: zum Beispiel den Klassenstärksten dafür zur Rede zu stellen, daß der ihm schon wieder den Vierfarben-Kuli geklaut hatte. Zwei Tage später gab der Typ ihn dann ganz von selbst wieder zurück ...

Jonni kann eben ein bißchen ‚hellsehen' manchmal. Darüber redet man nicht viel, das ist eben so. Vielleicht liegt es auch an ihren Eckzähnen, die sehen ja sowieso schon leise vampirisch aus – nur eben im Unter-, nicht im Oberkiefer wie bei echten Vampiren.

Joni ist aber ansonsten stinknormal, wie sie sagt. Ein Meter fünfundsechzig lang und dünn, trägt sie am liebsten große Pullis und Röhrenhosen, was ihre Schlaksigkeit noch unterstreicht. Sie steht auf guten, alten Rock zum Beispiel von den Rolling Stones und auf noch ältere Slapstickfilme. Und auf Parties oder Feten tanzt sie am liebsten mal einen fetzigen Rock 'n Roll, allerdings nur, wenn die Jungs lang genug sind – oder wenn sie selber führen kann, natürlich.

Conni, ihr Bruder, eigentlich Conrad, ist dreizehn und fühlt sich viel zu jung – den Jahren nach – für sein reifes Alter.

Ihn ärgert furchtbar, daß man mit dreizehn glatt noch immer als Kind behandelt wird.

Dabei ist er tatsächlich doch schon fast erwachsen und viel gescheiter als die Gleichaltrigen.

Allein seine Hobbys, die er außer Rollschuhlaufen noch alle hat: Seefahrt und Schiffe, Computer (seit einem halben Jahr hat er sogar selbst einen, mit Joni zusammen), – und sein Wissen über Indianer, beweisen, daß er schon eher ein junger Mann ist.

Conni sammelt nicht nur Indianerbücher, die er zu Dutzenden verschlingt, er kennt sich auch aus in den verschiedenen Stämmen, deren Lebensgewohnheiten und Geschichte, in ihren Sitten, von Gebetsgesängen über Wigwam-Bau bis zu Jagdritualen. Da findet er im Museum, dem sein Vater vorsteht, natürlich auch reichlich Stoff.

Conni ist auf derselben Schule wie Joni, nur zwei Klassen drunter. Er ist ein leidlich mittelmäßiger Schüler – bis auf Mathe und Bio, da ist er richtig gut, weil ihn das interessiert.

Mit den Mitschülern versteht er sich gut. Sie haben ihn auch zum Klassensprecher gewählt. Und das nicht nur aus dem Grund, daß er über seine größere Schwester schon ein bißchen mehr Schul-Erfahrungen mitbringt.

Um diese größere Schwester beneiden ihn allerdings viele, sie ist in der Schule allgemein bekannt und berühmt, auch ein kleines bißchen berüchtigt, und dann hat sie auch noch gute Zensuren!

Conni umgekehrt ist ziemlich stolz auf seine große Schwester, obwohl er sich bemüht, das nicht zu zeigen. Vor allem ihr nicht.

Nachher wird sie noch größenwahnsinnig ...

Conni ist seiner Schwester rein äußerlich gar nicht sehr ähnlich: Er ist zwar auch dünn, aber viel kleiner. Die Mutter tröstet immer:

„Der Wachstumsschub kommt erst noch!"

Aber langsam glaubt er nicht mehr so recht daran.

Besonders sauer reagiert er deshalb, wenn er mit ‚Connilein' gerufen und geneckt wird.

Will ihn einer auf die Palme bringen, sagt er am besten ‚Spiddel', ‚Pippifax' oder ganz einfach bloß ‚Kleiner' zu ihm.

In solchen Fällen kratzt Conni meistens zuerst nur verlegen seinen dunkelbraunen Lockenkopf und pliert schweigend, aber sichtlich wütend unter der gekräuselten Stirn seines rundlichen Gesichts durch die Brille.

Denn Conni ist kurzsichtig.

Soweit also der Steckbrief unserer beiden Helden Joni und Conni.

Ein paar Worte noch über das Museum, in dem Familie Löffel wohnt.

Es ist ein Geschichts- und Völkerkundemuseum einer großen Stadt in Norddeutschland, eines der alten Gründerjahre-Gebäude, mächtig und weitläufig, mit -zig Nebenräumen, Fluren, Kammern, Kellern und einem sich über das alles erstreckenden riesengroßen Dachboden darüber.

Ein idealer Abenteuerspielplatz also für die Kinder, obwohl ‚eigentlich' der Zutritt verboten ist...

Im Museum und drum herum ist auch dauernd was los:

Ständig werden phantastische und zum Teil sehr wertvolle Ausstellungsstücke ausgetauscht, wechselnde Ausstellungen sind zu sehen, interessante und manchmal geheimnisumwitterte Leute kommen und gehen oder sind in der Wohnung zu Besuch.

Die Wohnung der Familie Löffel liegt im Seitenflügel des Museums. Sie ist sehr groß, so groß, daß jedes der beiden Kinder ein schönes eigenes Zimmer hat. Auf der Südostseite befindet sich ein kleiner, verwildeter Garten.

Die letzten Kisten für die Inkaausstellung mußten noch ausgepackt werden.

Während Joni und Conni davorstanden und rätselten, was darin wohl alles sei, rief ihre Mutter plötzlich aus dem Wohntrakt:

„Eeessen!"

Joni und Conni liefen hinüber.

„Was gibt's denn?" fragte Joni, als sie in die gemütliche Wohnküche trat, in der sie auch meist ihre Mahlzeiten einnahmen.

„Setz dich erst mal hin!" erwiderte Mama Löffel leicht ärgerlich.

„Oh, man darf nicht mehr fragen, was es zu essen gibt?" sagte Joni.

Mama Löffel wurde ein bißchen lauter:

„Erst warte ich hier ewig auf euch und muß im Museum herumträllern, statt daß ihr gefälligst aus der Schule gleich hier zur Wohnung reinkommt. Das haben wir schon hundertmal so besprochen. Und dann auch noch wählerisch beim Essen!"

„Ich habe ja nur gefragt, was es zu essen gibt. Ich habe nicht gesagt, daß ich etwas Bestimmtes nicht essen möchte ...", widersprach Joni.

Conni schaltete sich ein:

„Nun ist's ja gut. Laß mal das Geziege sein!"

Solche neuen Wortschöpfungen liebte Conni sehr. ‚Geziege' kommt von' Ziegen' und ist leicht als Tätigkeitswort von Ziege oder zickig sein zu erkennen.

Bei Connis letzten Worten kam Vater Löffel herein.

„Was ist hier los? Affentanz? Oder was?" fragte er.

Ein bißchen onkelhaft gab Conni Auskunft:

„Die Frauen streiten sich. Um ganz belanglose Sachen!"

Joni ergänzte:

„Ich hatte nur vorsichtig gewagt zu fragen, was es denn wohl zum Essen geben würde."

Vater Löffel ergriff die Partei seiner Frau:

„Es wird gegessen, was auf den Tisch kommt!"

Magda Löffel mochte nicht mehr:

„Jaja, es ist schon alles in Ordnung. Nicht wahr, Joni?"

„Meinetwegen war sowieso alles immer in Ordnung. Ich hatte auch nie die Absicht, das nicht zu essen, was auf den

Tisch kommt. Wenn mir nur jemand richtig zugehört hätte, dann hätte er auch mitgekriegt, daß ich nur ganz gern gewußt hätte, *was* auf den Tisch kommt. Nur danach habe ich gefragt. Sonst nichts!"

Magda Löffel stöhnte leise.

Conni verdrehte die Augen zur Decke.

Und in das Schweigen hinein sagte Hermann Löffel zu seiner Frau:

„Ich möchte nur mal wissen, woher deine Kinder das haben?"

Jetzt stöhnten die Kinder – aber sie schwiegen.

Da klang aus der Ecke das laute Gurren der Taube, und alle mußten lachen.

Joni sprang vom Tisch auf:

„Hat Bibs denn heute schon frisches Wasser gekriegt?" fragte sie, während sie zu dem großen Papageienkäfig lief, in dem die geliebte Brieftaube untergebracht war.

„Ds habe ich schon gemacht, komm, setz dich wieder hin!" sagte Mama Löffel. „Es gibt übrigens Kartoffelpuffer!"

Sie stellte die erste große dampfende Schüssel auf den Tisch. Es wurde friedlich gegessen.

Nach dem zweiten Kartoffelpuffer räusperte sich Papa Löffel und wandte sich an Conni:

„Heute, bei der zweiten Partie Kisten, sind auch wieder sehr schöne Sachen dabei. Zum Beispiel haben sie eine vollständige, originalgetreu nachgebaute Pyramiden- und Tempelanlage aus den USA geschickt. Im verkleinerten Maßstab, versteht sich."

Joni unterbrach:

„Ach, tatsächlich? Verkleinert? Ich dachte schon, in der gleichen Größe wie das Original . . ."

„. . . haha, geistreich, unsere Tochter, nicht wahr?" spottete Hermann Löffel und fuhr fort: „Das soll phantastisch gut gemacht sein, da haben die besten Leute, die sie dort haben, daran gearbeitet. Absolut originalgetreu. Die ganze Anlage macht allein zwölf Kisten aus. Von den großen!"

„Wo soll das denn nur alles hin?“ fragte Mama Löffel.

„Genau weiß ich es noch nicht“, erwiderte Papa Löffel, „ich glaube, wir werden einfach das jetzige bißchen Vitrinenzeug aus der Eingangshalle wegnehmen und dort die ganze Anlage aufbauen. So als Auftaktsensation, wenn die Leute reinkommen. Wumm! Da staunt die Besuchermenschheit gleich ordentlich! Oder?“

„Nicht schlecht!“ meinte Joni.

„Genau! Das ist ein Hammer!“ stimmte auch Conni zu.

Seine Mutter überlegte noch, dann sagte sie etwas zögernd:

„Na ja, von der Idee her find ich das auch gut. Bloß – denkt mal an die praktische Seite: Dann ist gleich am Eingang alles mit Leuten verstopft. Die brauchen ja einige Zeit, um sich das genau anzuschauen, wenn das so groß und so viel ist und so gut gemacht. Und außerdem, gleich am Anfang mit dem Top-Modell aufzutreten, ist vielleicht nicht so geschickt. Eine kleine Steigerung bis dahin wäre ja vielleicht besser ...“

Fragend guckte sie ihren Mann an.

Der dachte nach. Das war richtig zu sehen. Wenn er nachdachte, legte er nämlich sein ganzes Gesicht in Falten. Über der Nase kleine, spitze Falten, auf der Stirn lange, tiefe Querfalten, und um die Mundwinkel herum Kreuz- und Querfalten.

Conni fiel etwas ein:

„Und wenn man nun, gerade um es spannend zu machen, in der Eingangshalle nichts, gar nichts hinstellt außer ...“, er machte eine kleine Kunstpause, um die Wichtigkeit seiner Idee zu betonen, „– außer einer einzigen Vitrine mit den tollen Goldmasken drin!? Das wäre doch echt irre! Das macht die Leute neugierig auf mehr. Das war ja bei mir genauso!“

„Was sind denn das für Goldmasken?“ fragte Joni dazwischen.

Doch Papa Löffel ging nicht darauf ein.

„Gar nicht dumm, der Gedanke, Conni! Und dann langsam die Attraktionen steigern, bis zum vierten Saal, dem großen. Und da dann nur die Tempelanlage, hm, ich glaube, da habt ihr recht!“

Frau Löffel nickte zustimmend, und ... und Joni wiederholte ihre Frage:

„Was sind das denn nun für Goldmasken, Ovi?“ dabei trappelte sie nervös mit den Füßen unterm Tisch.

„Das sind absolute Renner!“ sagte der Vater. „Sozusagen die Glanznummer der ganzen Ausstellung! Zwölftes oder dreizehntes Jahrhundert, feinste Arbeiten aus reinem Gold! Die haben sie in einem der Pyramiden-Gräber gefunden, erst vor zehn Jahren. Das war damals eine Riesensensation. Und es war eine Überraschung für die gesamte Forschung. Daraus ergaben sich massenhaft neue Aufschlüsse über die Kultur und das Leben der Völker der Inkas und ihrer Vorgänger. Die Dinger sind ein Vermögen wert!“ Er unterbrach kurz seine Rede. Dann fuhr er fort:

„Und ich glaube, das ist auch schon das Problem! Denn diese Kostbarkeiten in der Eingangshalle aufzustellen, wäre zu unsicher. Da könnten ja die Langfinger am ehesten und leichtesten ran und sehr schnell weg damit!“

Joni hatte gespannt zugehört. Jetzt wollte sie wissen, wo die Masken denn augenblicklich wären.

„Wir haben sie provisorisch im zweiten Saal in die verschlossenen Vitrinen gestellt“, sagte Conni fachmännisch, der ja beim Auspacken geholfen hatte.

Joni lachte:

„... und Mahlzeit paßt darauf auf?“ Da – auf einmal, von einer Sekunde auf die andere, schien sie zu versteinern, war, ganz kurz nur, völlig abwesend. Sie kriegte ihren berühmten ‚leeren Blick‘ in ihrem plötzlich ganz ernsten Gesicht. Dabei legte sich ihr Kopf in eine leichte Schräglage, und die Spitzen ihrer bekannten Unterkiefer-Wolfszähne schoben sich über die Oberlippe. Wenn jetzt einer der Familie Löffel zu der Taube Bibs hinübergeschaut hätte, dann hätte er – oder sie – gesehen, daß dort etwas sehr Ähnliches geschah. Auch Bibs hatte den Kopf schiefgelegt.

Die Taubenaugen waren halb geschlossen, wie in einem Traumzustand, und der Vogel hatte ein Bein gehoben und balancierte nur auf dem anderen.

Dann gab's einen Ruck durch beide – Joni und Bibs – und es war wieder, als wäre nichts geschehen.

„Mann o Mann", sagte Joni leise und wie abwesend, „hoffentlich ist da noch nichts Schlimmes passiert!"

Vater Löffel hatte seine Tochter mit zusammengekniffenen Augen beobachtet. Jetzt sagte er, was er schon öfter zu seiner Frau gesagt hatte:

„Manchmal, Magda, ist mir deine Tochter einfach unheimlich!"

„Es ist auch deine Tochter", antwortete Mama Löffel, „und stammte die alte, aus dem Handteller lesende Zigeuner-Urgroßmutter nicht aus deiner Familie . . .?"

Conni, der die Träumereien seiner Schwester kannte und nicht so ernst nahm, unterbrach:

„Komm, Joni, wir holen schnell mal schon den Nachtisch raus!" – sie liefen beide zum Kühlschrank –. „Hm, lecker, Apfelkompott mit Kirschen und Schlagsahne! Und wenn wir den aufgegessen haben, Schwesterherz, zeig ich dir die Goldmasken, ja?"

„Gut, okay, machen wir!" stimmte Joni zu, die jetzt wieder ganz normal und wach wirkte.

Der Schreck

Die Kisten standen jetzt alle in der Halle. Nur Mahlzeit saß noch da und paßte auf. Die Packer waren fortgegangen. Die große, schwere Eichenholz-Tür war verschlossen.

„Mahlzeit!" riefen die beiden, als sie den Pförtner sahen.

Mahlzeit lächelte. Er wußte, daß Joni und Conni ihm den Spitznamen verpaßt hatten, und er wußte auch, warum. Aber er mochte die beiden gut leiden und spielte das Spiel gerne mit.

Deshalb tat er so, als ob er furchtbar erschrecken würde – als sei er gerade aufgewacht – und rief zurück:

„Guten Morgen, ihr zwei!"

Alle lachten.

Während der Aufbauzeit einer neuen und besonders so großen Ausstellung blieb das Museum mehrere Tage geschlossen.

Trotz des Straßenverkehrs draußen und des schwülen Wetters war es angenehm ruhig und kühl in den großen Sälen hinter den dicken Mauern des alten Hauses.

Durch die hohen, doppelten Fenster, die dringend mal wieder geputzt werden mußten, fiel reichlich Licht auf die Ausstellungsvitrinen und -stücke und auf den schönen, rautenförmig gemusterten Parkettfußboden.

Es roch ein bißchen nach Staub und grüner Seife. Die mittägliche Stimmung machte faul und schläfrig.

Zuerst einmal kamen die Geschwister an den Nachbildungen der sogenannten Glyphen vorbei. Das sind in Stein geschnittene und gehauene Figuren und Schriften, die bei den Inkas und ihren Vorgängern eine Bedeutung gehabt haben, die bis auf den heutigen Tag noch nicht ganz entschlüsselt worden ist.

Conni berichtete seiner Schwester, was der Vater ihm am Wochenende beim Auspacken schon an rätselvollen und spannenden Geschichten davon erzählt hatte.

Dann war es soweit.

Sie betraten den Saal, in dem die Vitrinen mit den ‚Schmuckstücken' standen.

„Das sind ja eigentlich gar keine Schmuck-Sachen", erklärte Conni, „nur für uns heutzutage sind das welche, weil sie so schön und aus so edlem Material wie Gold und Silber oder aus kostbaren Steinen gemacht sind. Damals, und für die da in Mittelamerika, waren das einfach Kult- oder Gebrauchsgegenstände für ihre Feste und Zeremonien. Wenn zum Beispiel eine Hochzeit gefeiert wurde oder bei der Krönung eines Königs ..."

„... oder wenn der Kriegsgott beschworen werden sollte, für den Sieg zu sorgen", fiel Joni ein.

„Genau. Oder wenn Medizinmänner irgendeinen geheimen Geist herbeiwünschten, oder auch, wenn ein hoher Gast von fremden Stämmen zu Besuch kam", ergänzte Conni.

Joni mußte lachen:

„Ich stelle mir gerade vor, wie sie später, in ungefähr tausend Jahren oder so, vielleicht mal die Brille von unserem Bundeskanzler in Museumsvitrinen ausstellen. Und wie sie dann davor stehen und wie gelehrte Männer erklären, was das für ein merkwürdiger Gegenstand ist. Ungefähr so: ‚Wenn der Oberste des Stammes damals Ansprachen an sein Volk hielt, dann nahm er immer dieses seltsame Ding ab und setzte es wieder auf. Das war das Zeichen für die Bedeutsamkeit und Wichtigkeit seiner Worte ...'"

Auch Conni mußte kichern:

„Ja, und Schlipse werden sie vielleicht ausstellen. So wie heutzutage im Schaufenster. Bloß steht dann kein Preis dran, sondern: ‚Krawatte, Festtags- aber auch Berufskleidung, Mitteleuropa, zwanzigstes Jahrhundert. Zweck und Nutzen unbekannt ...' Das ist irre komisch!"

Sie spannen noch eine Weile herum, über Zylinderhüte, Schottenröcke und Cola-Dosen und ihre Ausstellung in tausend Jahren.

Dann standen sie vor den Glaskästen mit den berühmten goldenen Masken.

Joni war beeindruckt.

„Toll!" sagte sie nur und staunte.

„Ja, siehst du", meinte Conni, „die sind wirklich Spitze, nicht?" Dann hielt er einen kleinen Vortrag über den Königskult und den Sinn der Masken, bei der Krönungszeremonie im Inkareich.

Während er redete, sah sich Joni die Masken an.

Seinen Vortrag beendete Conni so:

„So falsch hast du also vorhin gar nicht gelegen, Joni, mit deinem ‚Brille auf – Brille ab' vom Bundeskanzler. Bei den Masken der Inkas, also der Könige, war das ähnlich: Maske auf – Maske ab ... nur, daß da wahrscheinlich keiner drüber lachte. Aber heute lachen die Leute ja auch nicht, wenn sie vor dem Regierungschef sitzen und der seine Brillennummer abzieht."

Er unterbrach, nahm noch einmal die Goldmasken durch die Glasscheiben unter die Lupe und wunderte sich dann ein bißchen:

„Komisch, die müssen irgendwie noch mal geputzt worden

sein oder so. Sie sehen jetzt viel blanker und auch etwas heller aus als am Sonnabend. Da haben Paps und ich sie ja hier reingetan."

„Aber Gold glänzt doch immer so ...", wandte Joni ein, „vielleicht sind sie wirklich noch einmal abgestaubt worden."

„Abgestaubt ist gut", Conni lächelte, „die hat ja wohl keiner ‚abgestaubt' – denn sie sind ja noch da! Zum Glück!"

„Mmmh", machte Joni etwas gedehnt.

„Aber sie sind irgendwie komisch ... anders ..., bilde ich mir ein!" sagte Conni.

Jetzt waren die Schularbeiten dran.

Viel lieber wären die beiden ja bei dem warmen Wetter draußen spielen gegangen, Rollschuhlaufen vielleicht, aber das durften sie immer erst nach den Schularbeiten – jedenfalls fast immer.

„Ich nehme Bibs mit", sagte Joni.

Es war üblich, daß Bibs, die Taube, auf Jonis Schulter hockte, wenn sie die Schularbeiten machte. Und die Taube auf ihrer Schulter nützte Joni offenbar, so seltsam es auch klingt.

Bevor sie an ihre Schulsachen gingen, guckten die beiden kurz in die Wohnküche, wo der Oberlöffel und seine Frau bei einem Kaffee nach dem Essen sitzengeblieben waren und schwatzten.

„Die Goldmasken habt ihr aber schön gewienert", sagte Conni beiläufig. Vater Löffel wunderte sich:

„Äh ... wie? Gewienert?"

„Ja, die sehen so schön blank aus jetzt", sagte Conni.

Hermann Löffel kniff die Augen zusammen und musterte seinen Sohn. Er schwieg, dachte aber, der wolle ihn wohl mal wieder auf die Schippe nehmen.

Die Schularbeiten waren heute besonders ätzend. Conni hatte sogar eine Extraaufgabe in Mathe aufgebrummt gekriegt, weil er im Unterricht mehrmals durch ablenkendes Gerede mit seinem Nachbarn, dem dicken Hans, aufgefallen war.

Der dicke Hans war Connis bester Freund. Er war genauso gut in Mathe wie Conni und ein ebenso begeisterter Computer-Fan.

Und weil die beiden immer meinten, sie könnten das sowieso alles, was da vorn an der Tafel ‚geboten' wurde, tauschten sie im Unterricht zum Beispiel die letzten Computer-Neuigkeiten aus, statt aufzupassen.

Ihr Lehrer, Herr Lauter, mochte das nicht so gern. Er war ein langer dünner Mann mit pfälzischem Dialekt und hatte noch so richtige alte Pauker-Macken.

Immer, wenn er etwas erklärte, hob er richtig – wie in der ‚Feuerzangenbowle' – seinen Zeigefinger und rief:

„Also, Kinderschen, aufgebaßt!"

Na ja. Nun hockte Conni also da und schimpfte über die endlosen Dreisatzaufgaben.

Joni kniffelte derweilen an einer englischen Nacherzählung, die mit lauter neuen Vokabeln zu machen war. Das war auch keine reine Freude.

„So ein verflixter Blödsinn!" moserte sie in sich hinein.

Da klingelte es. Sie lauschten beide – dankbar für die Ablenkung – zum Flur, doch es war nur Rakowski. Er kam regelmäßig zum Oberlöffel, um mit ihm Finanz-, Steuer- und Rechtsfragen des Museumsbetriebs zu besprechen. Denn Herr Rakowski war ein Steuerberater.

Er machte immer ziemlich dümmliche Witze, über die Vater Löffel lachen mußte und über die Rakowski dann auch selber noch mal mitlachte – mit einer so hohen, schrägen Lache, die einem durch Mark und Bein ging.

Manchmal, aber nicht häufig, lachte auch Magda Löffel mit, obschon sie die Sprüche und Scherze des Steuerberaters nicht gut fand.

Gleich beim Eintreten des Steuerberaters erscholl wie üblich das Gelächter der beiden Männer, weil Rakowski wieder irgend so einen Spruch abgelassen hatte – so etwas wie: „Na, Hermann, wie geht's? Stuhlgang schmeckt, wie?" ... oder so ähnlich.

Das meckernde Gekicher paßte eigentlich gar nicht so richtig zu dem untersetzten, kräftig gebauten Mann, der etwa vierzig Jahre alt war und ein waches, energisches Gesicht hatte. Sein dünnes Haar bedeckte nur noch spärlich seinen kantigen Kopf, und Mama Löffel, die zwar seine Sprüche nicht leiden konnte, ihn aber als tüchtigen Mann verehrte, sagte außerdem, daß er eine so freundliche Ausstrahlung um die Augen herum habe.

„... sein Äußeres paßt gar nicht zu seinen dummen Witzen!" sagte sie.

Rakowski selber allerdings meinte, das passe durchaus, wenn er sich überhaupt einmal darüber Gedanken machte.

Die beiden Männer gingen jetzt, während die Kinder weiter Schularbeiten machten, in Hermann Löffels kleines Arbeitszimmer gleich neben der Wohnküche.

Sie schlossen die Tür hinter sich, um gemeinsam ‚die Papiere durchzuhühnern', wie sie das nannten, wenn es um die ganzen Versicherungs-, Verwaltungs- und sonstigen Büroangelegenheiten ging. Man hörte nur noch gedämpft, wenn es besonders laut wurde, ihr Gekicher.

Es sollte sich herausstellen, wie gut es war, daß Rakowski zufällig gerade heute kam. Denn als die beiden Männer mit den geschäftlichen Dingen fertig waren, was schneller ging als erwartet, lief Hermann Löffel mit ihm zusammen noch hinüber ins Museum. Sie wollten einen Blick auf die Schmuckstücke werfen. Darauf war auch Rakowski neugierig.

Durch die Arbeit mit dem Museum hatte er nämlich im Laufe der Zeit Interesse an dem ‚ollen Kram' bekommen.

„Hier haben wir vorläufig die ganze Steinschneiderei und die Schriftenecke", erklärte Herr Löffel. Nachdem sie beim Durchgehen noch einiges besichtigt hatten, betraten sie den Saal mit den Kostbarkeiten.

Erst jetzt erinnerte sich der Museumsdirektor wieder an die Bemerkung, die sein Sohn vorhin in der Küche über die Masken gemacht hatte. Er ging schnurstracks auf die Vitrine zu und blieb einen Moment lang mit angestrengtem Blick und gerunzelter Stirn davor stehen.

Dann erstarrte er.

„Conni hat recht...", murmelte er.

Rakowski fragte: „Womit hat er recht?"

Vater Löffel schwieg zunächst mit zusammengepreßten Lippen. Er war deutlich blasser geworden. Dann stammelte er:

„Das, das... das darf doch nicht wahr sein!" – und er schloß mit zitternden Fingern die Schlösser der Vitrine auf.

Rakowski merkte: da war was faul!

Wieder fragte er: „Mensch, Hermann, was ist denn? Nun sag doch schon!"

Hermann Löffel hatte eine der Masken in die Hand genommen, strich vorsichtig darüber und prüfte sie genau.

Dann hob sich sein Blick, und er sah seinen Freund lange an.

„Diese Dinger hier sind Fälschungen!" sagte er flüsternd. Und nach einer Pause: „das sind nicht die, die wir hier am Sonnabend ausgepackt und aufgestellt haben!"

Rakowski reagierte spontan:

„Leg sie sofort wieder hin, Hermann!"

Hermann Löffel hörte ihn kaum.

Er war immer noch völlig fassungslos und wiederholte dauernd kopfschüttelnd:

„Das darf doch nicht wahr sein!"

Rakowski packte ihn am Arm: „Leg sie doch endlich wieder hin, Hermann – es könnten noch irgendwelche Spuren daran sein, Fingerabdrücke oder was weiß ich, die für die Polizei wichtig sind! Nun versteh doch!"

Langsam kam der entsetzte Museumsdirektor wieder zu sich.

„Ja, ist schon gut. Du hast ja recht..."

Er legte die gefälschte Goldmaske, die er so genau geprüft hatte, vorsichtig zurück und fuhr fort:

„Aber meinst du im ernst, die würden ihre Fingerabdrücke da dran lassen oder sonst eine Visitenkarte? Diese Fälschungen sind wirklich täuschend nachgemacht. Das sind bestimmt Profis ... die machen doch nicht so kindische Fehler!"

„Ist ja erst mal egal, Hermann, jedenfalls dürfen wir hier nichts mehr berühren, bis die Polente da ist!" meinte Rakowski.

„Ja. Aber gleich kommen die Leute, die mit mir weiter aufbauen wollten ... was sag ich denen denn?" überlegte Hermann Löffel.

Rakowski meinte:

„Die müssen eben genauso warten. Bleib du hier und paß auf, sieh dir vielleicht inzwischen noch einmal die anderen Stücke genau an, ob da auch noch irgendwas ausgetauscht worden ist. Ich flitze schnell rüber in die Wohnung und rufe bei der Kripo an!"

Genauso geschah es.

Das Telefon stand in der Wohnung auf dem Flur.

Joni und Conni schnappten deshalb einiges von dem auf, was Rakowski sagte, nachdem er hereingehastet war.

„Hallo ... hier ... ja, Sie haben richtig verstanden: ein Diebstahl! Jawohl, Kunstgegenstände, hier im Museum ... wie? Ach so, nein, genau haben wir das auch noch nicht so schnell feststellen können. Aber vorläufig würde ich erst mal sagen: mindestens eine Million ... ja, bestimmt! Ja, da bin ich sicher! Wie? Sie kommen sofort? Ja, gut, wir warten!" Dann legte er auf.

Bei seinen ersten Worten waren die beiden Geschwister schon aus ihren Zimmern geschossen. Sie standen jetzt, zusammen mit ihrer Mutter, gespannt und mit fragenden Mienen um Rakowski herum.

„Ach, du heiliger Strohsack!" sagte Frau Löffel entsetzt, als der Steuerberater seinen knappen Bericht wiederholt hatte. Sie machte große Augen und hielt die Hand an den Mund.

„Das ist ja furchtbar! Und die Polizei?"

„Kommt gleich!" sagte Rakowski. „Bei einer Million werden die schnell!" Rakowski meckerte sein verrücktes Lachen.

Aber das hörten Joni und Conni schon nicht mehr. Sie waren, als sie wußten, was los war, gleich ins Museum gelaufen. Die Schularbeiten waren vergessen.

„Menschenskinder, das ist ja ein echter Hammer!" rief Joni ihrem Bruder im Laufen zu.

„Irre – einfach wahnsinnig!" gab der nur zurück.

Vor Aufregung und vom Rennen ganz außer Atem kamen sie beim Oberlöffel an, der wie immer noch gelähmt vor der Vitrine mit den goldenen Masken stand.

Ehe Joni und Conni noch was sagen oder fragen konnten, gab es Tumult. Draußen vor dem Museum quietschten Autoreifen, Wagentüren wurden zugeschlagen, an der großen Eingangshalle erscholl heftiges Klopfen.

Hermann Löffel rief seinen Kindern gerade noch über die Schulter zu:

„Faßt ja nichts an!" – dann lief er schon hinter dem Museumspförtner Mahlzeit her, der öffnen gegangen war. „Ich glaub, mein Fisch bellt," sagte Joni.

Die beiden waren viel zu aufgeregt, um den Verlust der Goldmasken irgendwie zu bedauern oder gar traurig zu sein.

Sie fanden im Gegenteil die Aufregung stark und genossen die Sensation.

Dabei – aber das konnten sie ja nicht wissen – ging das Abenteuer erst gerade richtig los . . .

Sie waren ans Fenster gelaufen. Gleich drei Funkstreifenwagen und ein Zivilauto standen auf dem Vorplatz des Museums kreuz und quer. Die Fahrer waren zum Teil sitzengeblieben oder lehnten an den offenen Türen.

„. . . falls sie gleich hinter irgendjemand herjagen müssen!' dachte Joni.

Nun betrat eine Männergruppe, an ihrer Spitze ein Kriminalkommissar, den ersten Saal.

Nein – ‚betrat' ist nicht richtig gesagt. Die Leute stürmten richtig herein und sahen sich um, als ob es gelte, hier einen Gangster dingfest zu machen.

Mit ihnen kamen Herr Löffel und Mahlzeit, und auch Rakowski und Magda Löffel hatten sich inzwischen eingefunden. Außerdem waren schon zwei der Leute eingetrudelt, die zum Aufbauen der Ausstellung bestellt worden waren.

Ein Riesen-Palaver ging los.

Kriminalkommissar Hecker und sein Assistent, den er als ‚Hollmann' vorstellte, ließen sich die Vitrine mit den Fälschungen zeigen. Der Kommissar wies die Spurensicherungsleute und Fotografen an und befahl:

„Alle Privatpersonen verlassen bitte umgehend den Saal! Und bitte, nichts anfassen! Bitte versammeln Sie sich im Nebenraum!"

Joni und Conni standen immer noch am Fenster. Dorthin zog Rakowski jetzt auch ihren Vater und redete mit gedämpfter Stimme auf ihn ein:

„Also, Hermann – du sagst nichts von deinen Vermutungen oder von vermuteten Zusammenhängen. Du gibst nur Auskunft zur Person und zur Sache! Wenn sie was wissen wollen wie Öffnungszeiten, wann ihr am Sonntag aufgebaut habt usw. usw., das alles kannst du berichten! Aber nichts darüber hinaus! Sonst steht nachher irgendwas Mißverständliches im Protokoll, und die Versicherung macht bei der Bezahlung Schwierigkeiten. Gott sei Dank ist ja alles wenigstens versichert gewesen!"

„Ja, gut, okay . . . alles klar!" gab Hermann Löffel sichtlich nervös zurück. „. . . aber es wär' mir schon ganz lieb, wenn du bei mir bleibst, wenn die anfangen, mich auszufragen. Denn du bist ja der bessere Rechts-Fuchs von uns beiden!"

„Versprochen!" Rakowski nickte. Sie gingen hinter den anderen her in den großen leeren Nebenraum, in dem außer vier bereits ausgepackte Kisten nichts war.

Von zwei Polizisten am Ausgang bewacht, standen dann

alle tuschelnd und murmelnd herum.

Kommissar Hecker wandte sich zuerst an Herrn Löffel.

Der Kriminalbeamte war ein kleiner, blonder Typ, drahtig und ein bißchen hektisch in seinen Bewegungen. Mit schnarrender Stimme fragte er nun:

„Lassen wir erst mal die Personalien, Herr Dr. Löffel, das geben Sie anschließend gleich meinem Assistenten auf, nicht wahr! Sie sind also der Chef hier, nicht wahr?"

Hermann Löffel nickte.

„Also gut, Herr Dr. Löffel, jetzt sagen Sie uns doch vor allem, um was es sich bei diesen Dingern – äh – diesen goldenen Masken nun eigentlich handelt, nicht wahr?"

Ehe Hermann Löffel antworten konnte, schnitt ihm der Kommissar schon wieder das Wort ab:

„Aber fassen Sie sich bitte kurz, nicht wahr, denn wir wollen hier nur eine sachliche Angabe und keinen kunsthistorischen Vortrag!"

Joni flüsterte ihrem Bruder ins Ohr:

„Das ist Nichtwahr . . .!"

Conni verstand nicht gleich:

„Was ist nicht wahr?"

„Der da, der Kommissar, das ist der Herr ‚Nichtwahr'. Der heißt so, weil er dauernd' nicht wahr' sagt!"

„Ach so, so wie bei Mahlzeit?" fragte Conni.

„Genau!" sagte Joni.

Sie grinsten.

Herr Dr. Löffel, der inzwischen berichtet hatte, schloß seinen kleinen Vortrag:

„. . . ja, und außer diesen Königsmasken gibt es nur noch wenige Stücke, die überhaupt vergleichbar sind. Reste und Bruchstücke werden zwar öfter gefunden, aber selten so völlig unbeschädigte Masken."

Die Umstehenden hörten gespannt zu und Hollmann, der Assistent, schrieb eifrig mit.

„Ja . . . da dürften die ja ziemlich was wert sein, nicht wahr?" schlußfolgerte Nichtwahr messerscharf.

„Nicht nur ein bißchen was“, sagte Dr. Löffel, „der Materialwert, pures Gold, ist bei dem Gewicht der Stücke allein schon sehr bedeutend. Aber legt man einmal den künstlerischen und historischen, den Sammlerwert zugrunde, dann kommt es gut und gern auf eine Million oder mehr. In dieser Höhe etwa sind sie auch versichert – gewesen.“

„Wieso gewesen?“ Kommissar Hecker stutzte.

„Nein“, erwiderte Hermann Löffel, „ich meinte: die Masken sind gewesen, die Goldmasken. Jetzt sind sie ja weg! Versichert sind sie selbstverständlich. Aber für uns, für die Wissenschaft, sind sie unersetzlich. Das ist mit Geld und Gold nicht zu bezahlen!“

Traurig sah er aus, als er das sagte.

„Und Sie sind sicher, daß die, die sich jetzt noch in der Vitrine befinden, Kopien sind, nicht wahr?“ fragte der Kommissar.

„Ja, leider“, bestätigte Hermann Löffel. „Es sind allerdings sehr gut gemachte Kopien. Wenn ich nicht vorher so lange die Originale in den Händen gehabt hätte – eben, weil ich mich so sehr dafür interessiere – hätte ich es vielleicht erst später oder überhaupt nicht gemerkt. Verflixt gute Fälschungen, wirklich! Tatsächlich hat mich ja mein Sohn heute mittag beim Essen darauf gebracht, noch einmal genauer hinzuschauen!“

„So . . . Ihr Sohn?“ der Kommissar runzelte die Stirn. „Wo ist er denn, Ihr Sohn?“

Hermann Löffel wies auf Conni.

Der Kommissar wandte sich an den Jungen:

„Na, du, du bist also schon ein richtiger kleiner Kunstsachverständiger, wenn ich das richtig verstehe, nicht wahr?“

Conni haßte es, auf so eine onkelhafte Tour angesprochen zu werden. Er sagte kurz angebunden:

„Nee, bin ich nicht!“

Aber sein Vater redete ihm gut zu:

„Aber Conni, du verstehst doch eine ganze Menge von den Dingen. Gerade bei dem Thema Indianer und Inkas kennst du dich bestens aus!“

Auch dieses Lob ging Conni auf die Nerven. Peinlich berührt trat er von einem Fuß auf den anderen, verdrehte die Augen und machte nur: „Oouh!“

Immer mehr Blicke richteten sich erwartungsvoll auf ihn, und Hollmann, den Kugelschreiber startbereit gezückt, zwinkerte ihm aufmunternd zu.

„Also, es war so“, Conni gab sich einen Ruck, „daß ich die echten Goldmasken hier am Sonnabend mit meinem Vater und den Helfern zusammen ausgepackt und nebenan aufgestellt habe. Ja, und weil die so toll waren, habe ich sie mir später noch einmal ganz genau angesehen. Und heute nach dem Mittagessen, als ich sie Joni zeigen wollte“ – er deutete auf seine Schwester, die neben ihm stand – „da glänzten die auf einmal so neu und hell. Das kam mir komisch vor. Zuerst dachte ich ja, die wären einfach nur noch mal gereinigt worden, oder irgend so was ...“

Der Kommissar unterbrach ihn:

„Demnach müssen sie ja noch nach dem Auspacken hier gewesen sein, wenn du sie dir später wieder angeschaut hast, nicht wahr? Interessant, Junge, erzähl weiter!“

Conni fuhr fort.

„... na ja, viel mehr gibt's da eigentlich gar nicht zu erzählen.“

„Aber du mußt doch deinem Vater von deiner Beobachtung berichtet haben, nicht wahr? Wie war das?“

Kommissar Hecker war bei seinen Worten in die Hocke gegangen, so, wie man manchmal mit ganz kleinen Kindern spricht, um nicht so groß für sie zu erscheinen.

Das sah sehr albern aus, weil er selber ja nicht groß war, so daß er jetzt umgekehrt zu Conni heraufschauen mußte.

Joni mußte kichern. Conni hätte eigentlich auch gern gekichert, aber er nahm sich zusammen:

„Ja, natürlich hab ich's Paps gesagt. Vorhin, bevor wir Schularbeiten machen gegangen sind.“

„Und wann war das?“ fragte Nichtwahr wieder in so einem

Ton, als wenn er mit einem Dreijährigen sprechen und gleich anfangen würde, ‚du du du du! Ei dei dei!' zu machen.

„Hab ich doch schon gesagt", gab Conni etwas unwillig zurück, „vorhin, gleich nachdem wir wieder in der Wohnung waren. Das war so zwanzig nach zwei, halb drei rum ungefähr!"

„Bist du da ganz sicher? Gut, notieren Sie das, Hollmann!"

Damit erhob sich der Kommissar. Er machte eine bedeutungsvolle Pause und sah dabei nachdenklich Hermann Löffel an.

„Soso, halb drei etwa!?"

Wieder eine Pause. Danach fragte er beinahe streng:

„Und da rufen Sie uns erst um viertel vor vier an, Herr Dr. Löffel? Haben Sie so lange für die Prüfung der Fälschungen gebraucht, oder was? Oder wofür? Das sind ja immerhin fast eineinhalb Stunden, nicht wahr!?"

Der Angesprochene guckte verdutzt.

„Äh ... wie ...?" hilfesuchend sah er zu Rakowski. Der nickte ihm einfach nur zu.

„Ja, sicher, fast eineinhalb Stunden", bestätigte er daraufhin, „ich bin ja dann auch erst hier ins Museum gegangen. Um meinem Freund Rakowski – hier, darf ich mal vorstellen, Herr Fritz Rakowski ..." – er zog seinen Freund und Berater leicht am Ärmel heran. Der gab den anderen die Hand und nickte – „... also um meinem Freund die Schätze zu zeigen, die wir jetzt hier haben. Und dabei habe ich den Schaden ja erst entdeckt."

Rakowski unterstützte ihn:

„Ja, das kann ich bestätigen. Ich stand daneben, als Hermann, als Herr Dr. Löffel den Schwindel bemerkte!"

Der Kommissar Nichtwahr war immer noch skeptisch:

„Und wieso sind Sie nicht gleich, als Ihr Junge es Ihnen mitteilte, nachsehen gegangen? Was haben Sie denn die ganze Zeit über gemacht?"

„Aber das ist ein Mißverständnis", versuchte Hermann

Löffel den Fragenden zu beruhigen, „mein Junge hatte ja nur etwas von ‚glänzender' gesagt, das konnte ja auch sonstwas sein – und Kinder reden manchmal so daher ... wenn ich da jedesmal gleich die Alarmglocke läuten hören würde, du lieber Gott! Haben Sie Kinder, Herr Kommissar?"

„Nein", gab der Kommissar mürrisch zurück, „na schön, also was haben Sie gemacht?"

„Ich habe mit Herrn Rakowski die Steuer- und Versicherungssachen durchgesehen. Er ist nämlich nicht nur mein Freund, sondern auch unser Steuerberater. Das müssen wir öfter mal machen. Erst dann sind wir hier herüber ins Museum gegangen. Und erst dann – bei der Betrachtung der Masken – ist mir wieder eingefallen, was mein Junge berichtet hatte."

„Ja, also gut ..." knurrte der Kommissar. Er schien sich zufriedenzugeben.

Conni und Joni wurden nicht mehr für Auskünfte gebraucht und ließen sich – leicht nörgelnd – vom Oberlöffel wieder zurück in die Wohnung zu ihren Schularbeiten schikken.

Allzu spannend war es am ‚Tatort' sowieso nicht mehr. Die Polizei stellte anschließend Mahlzeit und den anderen Leuten ein paar Fragen, untersuchte noch – allerdings vergeblich – alles mögliche auf Fingerabdrücke oder andere Spuren und machte Fotos, bevor sie wieder abzog.

Es hieß also, bis zum Abendbrot Mathe und Nacherzählung fertigmachen. Außerdem mußte Joni für Deutsch ein Stück Text durchlesen und Conni im Geschichtsbuch ein Kapitel über England im sechzehnten Jahrhundert.

Verglichen mit den dramatischen Ereignissen im Museum war das natürlich unheimlich langweilig, wie Joni bemerkte.

Heute war es aber auch besonders schwer, sich zu konzentrieren. Immer wieder unterbrachen sie ihre Arbeit, um miteinander über den Fall zu tuscheln.

Auch beim Abendbrot gab es kein anderes Thema. Aber es gab ein paar interessante Neuigkeiten.

Vater Löffel erzählte, wie es am Nachmittag weitergegangen war.

„Wir haben die Fälschungen nach der Spurensicherung genauer untersucht. Sie sind wirklich unglaublich gut, richtig professionell gemacht, alle Achtung! Es fehlt keine Einzelheit! Es gibt zwar ein paar klitzekleine Abweichungen von den Originalen – aber die sind nur von Fachleuten zu erkennen!"

„Was für Abweichungen?" wollte Joni wissen.

„Vor allem am Material liegt das, glaube ich", sagte Hermann Löffel, „das ist nämlich kein Gold, obschon es haargenau so aussieht wie Gold. Die haben wahrscheinlich eine Kupfer-Messing-Legierung benutzt", erklärte Papa Löffel.

„Was 'n das, eine Legierung oder wie?" wollte Conni wissen.

„Eine Legierung ist eine Verschmelzung, eine Mischung von Metallen", erklärte der Vater. „Das Tätigkeitswort dazu ist legieren. Man legiert zum Beispiel verschiedene Eisen, die man aus Eisenerz gewonnen hat, um daraus Stahl zu machen. Dieser Stahl ist dann härter als gewöhnliches Eisen oder sogar rostfrei."

„Aha!" sagte Conni.

„Die Leute von der Polizei wollen das in ihrem Labor noch genau prüfen", fuhr Hermann Löffel fort, „ich bin mir da eigentlich sehr sicher, daß die Fälschungen aus so einer Legierung gemacht worden sind."

„Und wie kommt man an so was ran? Wo kriegt man das?" fragte Joni weiter.

Einen Moment konnte Hermann Löffel nicht antworten – er hatte vor lauter Erzählen vergessen, die dicke Scheibe geräucherten Schinken auf seinem Brot kleinzuschneiden, bevor er hineinbiß. Deshalb riß und zerrte er nun mit den Zähnen an dem Bissen.

„Du ißt wieder wie ein Orang-Utan!" sagte seine Frau.

Das war nicht nett, denn darüber mußten Joni und Conni

nun lachen, und ihr Vater hätte ja gern mitgelacht – aber das ging nicht, weil er gerade an diesem verflixten Schinken würgte und kaute. Als er es unter großem Hallo – zum Schluß gab es Anfeuerungsrufe: „Hau-ruck! Hau-ruck!“ – geschafft hatte, konnte er erst nach einem Schluck Bier Luft holen und antworten:

„Ihr seid vielleicht eine Bande, ihr lacht, glaube ich, noch, wenn eurem alten Erzeuger und Ernährer der Erstickungstod droht!“

„Nein“, widersprach Joni, „doch wenn du komisch bist, müssen wir, bitteschön, lachen dürfen – oder?“

Hermann Löffel schmunzelte.

„Okay“, sagte er lächelnd, „doch zurück zu dem Kupfer-Messing- oder Messing-Kupfer. So was ist heutzutage sehr selten geworden, weil es kaum mehr verwendet wird. Deshalb tappt die Polizei bestimmt auch momentan völlig im dunkeln, da sie auch nicht weiß, wo man es heute noch kriegen kann.“

Hermann Löffel brach ab und versank ins Nachdenken.

Da geschah plötzlich mit Joni wieder diese rätselhafte Verwandlung: Ihr Kopf knickte ganz leicht zur Seite, ihre Augen schienen in die Ferne zu sehen, sie war wie weggetreten ... nur für eine Sekunde oder zwei. Und Bibs, die Taube, hatte ebenfalls ihren kleinen Kopf zur Seite gelegt und die Augen geschlossen.

Aber keiner bemerkte es, auch nicht ihr Vater, der inzwischen Vermutungen darüber anstellte, ob der oder die Fälscher die Legierung vielleicht selbst hergestellt haben könnten.

Magda Löffel war die ganze Zeit kaum beteiligt gewesen. Sie hörte zwar zu, machte aber ein sehr ernstes Gesicht und fragte immer nur mal leise zwischendrin:

„Kannst du mir mal die Butter rübergeben?“ oder „Möchte jemand noch eine Tomate?“ oder so was.

Sie machte sich Sorgen, das sah man.

Nach dem Essen kam sie damit heraus:

„Oh, Hermann, das ist böse, was? Wenn die echten Masken nun nicht wiederauftauchen ... das ist ja nicht gerade gut, daß sie ausgerechnet hier bei dir im Museum abhanden gekommen sind, nicht? Darüber wird bestimmt geredet werden, und wo geredet wird, bleibt auch immer was hängen. Das kennt man doch. Und wenn sie dann Ärger machen – deinen Anstellungsvertrag nicht verlängern oder so was ... oder wenn sonstwas Schlimmes, vielleicht was noch Schlimmeres passiert, weil die Versicherung irgendeinen Pferdefuß entdeckt hat? ‚Aufsichtspflicht verletzt' oder wie das heißt ... dann kann es auch noch passieren, daß sie dich haftpflichtig machen, und wir müssen den ganzen Schaden bezahlen! Ein Millionenschaden, Hermann, entsetzlich ...!"

„Nun mußt du nicht gleich so unken", versuchte Hermann Löffel seine Frau – und auch sich selbst – zu beruhigen. „Das wird bestimmt alles nicht so schlimm werden. Bisher hat die Polizei nichts gefunden, was auf irgendeine Pflichtverletzung von mir hinweist. Alles war vorschriftsmäßig verschlossen übers Wochenende, die Alarmanlage war eingeschaltet – mehr kann ich doch nicht machen! Das wissen die von der Behörde auch. Ein Museum ist schließlich keine Bank und auch kein Juwelierladen. Es gibt bis jetzt nur zwei Möglichkeiten, wie es passiert sein kann: Entweder heute mittag, als die neuen Kisten kamen, oder irgendwie übers Wochenende. Es ist kein Alarm ausgelöst worden, kein Schloß, keine Glasscheibe kaputtgegangen. Der Dieb, oder die Diebe, müssen auf ganz normalem Weg wie Besucher hinein- und auch wieder hinausgekommen sein ..."

Er hielt einen Moment inne, kratzte sich nachdenklich am Hinterkopf und gab zu:

„Sicher, angenehm für mich, für uns alle hier am Museum, ist das tatsächlich nicht, was passiert ist. Die Polizei hat mich ja sogar ein bißchen angemacht, ich hätte sie zu spät benachrichtigt! Aber ich finde, wir lassen uns nicht den Kopf scheu machen, warten erst einmal ab und machen uns nicht selber verrückt. Momentan ist überhaupt nichts entschieden. Es ist einfach zu früh, um etwas zu befürchten. Wer weiß, vielleicht tauchen die Masken ja auch unversehrt wieder auf – so schwer, wie die an den Mann zu bringen sind. Es gibt weltweit nur dreißig oder vierzig solcher Stücke ...“

„Wenn du meinst ...“, sagte Magda Löffel.

Sehr überzeugt klang das allerdings nicht.

Joni und Conni schauten sich nur vielsagend an. Sie hatten schon während Ovis Rede gemerkt, daß die ganze Sache für die Eltern offenbar doch sehr viel schwieriger war, als sie sich selber – und vor allem den Kindern – eingestehen wollten.

Das gibt es ja öfter mal, daß Eltern ihre Kinder völlig zu unrecht immer schonen und abschirmen wollen, ihnen nichts zumuten wollen, was die angeblich nicht verkraften können. Das mag ja auch in dem einen oder anderen Falle richtig sein und ist bestimmt lieb gemeint. Aber ganz häufig geht es eben auch daneben – das fand Joni jedenfalls.

‚Die Großen machen ihre Kinder kleiner und ihre Probleme größer, als beide sind‘, dachte sie. Aber sie sagte nichts.

Joni wollte die etwas gedrückte Stimmung vertreiben helfen, die sich mit den Sorgen der Eltern eingeschlichen hatte.

„Was machen wir denn morgen?“ schnitt sie ein neues Thema an, „da ist doch kein Museumsbetrieb am Nachmittag. Und die restliche Aufbauerei können die anderen auch ruhig alleine machen, wenn du es ihnen vorher gut sagst, Ovi! Da könnten wir doch alle zusammen auf den Schrottplatz draußen fahren und für Mama das neue alte Auto angucken, hm? Was meint ihr? Wie wäre das denn? Da kommen wir leichter auf andere Gedanken!“

‚Das neue alte Auto‘ war ein alter Olympia aus den Sechziger Jahren, den Magda Löffel vor kurzem beim Vorbeifahren am Stadtrand auf einem großen Schrottplatz entdeckt hatte.

Es war ein richtig schönes, altes Liebhaberauto, das da vor der Einfahrt als ‚zu verkaufen‘ angepriesen worden war.

Und weil sie ein Zweitauto brauchte, um zu ihren Vorträgen zu kommen oder einkaufen zu fahren, wenn der große Combi nicht da war, weil außerdem ihr geliebter Uralt-Klapperkäfer nicht mehr durch den TÜV zu bringen war, hatte sie sich spontan zu dem Oldtimer entschlossen.

Der war nicht so 0-8-15, hatte sie gemeint.

Jonis Vorschlag fand allgemeine Zustimmung, Hermann Löffel war tatsächlich nicht unbedingt im Museum nötig, seine Frau hatte auch nichts anderes vor an diesem Nachmittag – und die beiden Teelöffel schworen hoch und heilig, ihre Schularbeiten dann eben abends nachzuholen.

Joni hatte wirklich ab und zu ganz brauchbare Ideen! Wie sie wohl diesmal darauf gekommen war ...? Wenn ihr Bruder oder die anderen aus der Familie vorhin genau aufgepaßt hätten, wüßten sie, wie.

Der übliche Zu-Bett-geh-Streit entfiel an diesem Tag. Gemeinsam hatte sich die Familie noch einen guten alten Film nach der Tagesschau angeguckt, dann ging es relativ widerspruchslos in die Falle.

„Gute Nacht!“ riefen Joni und Conni ihren Eltern vor der Glotze zu, als sie sich, bereits im Schlafanzug, von ihnen verabschiedeten.

„Schlaft schön!“ riefen die Eltern zurück, und es kam noch nicht einmal eins der ewigen Mahnworte wie: „Zähne geputzt?“ oder „Wirklich nur eine halbe Stunde lesen!“ – oder was man eben so kannte.

Magda Löffel bemerkte, als die Tür wieder zu war, zu ihrem Mann:

„Die Kinder sind ja unglaublich brav heute!“

Doch er hatte nur mit einem Ohr hingehört, weil gerade die Sportergebnisse kamen.

„Jaja“, sagte er. Weiter nichts.

„Krumme Hunde“ im Sekreto

„Psst!“ machte Joni zischend, als sie zu Conni ans Bett kam.

Es war mitten in der Nacht. Sie hatte nur Socken an, um besser schleichen zu können.

Conni hatte sich nur mühsam so lange wachhalten können – das hatten sie beide vorhin verabredet.

Um keinen Verdacht aufkommen zu lassen, waren sie auch so superbrav zu Bett gegangen. Das war zwar eigentlich schon wieder verdächtig, aber den Eltern war es nach diesem anstrengenden Tag nicht aufgefallen. Der Oberlöffel und Magda schliefen tief und fest.

„Komm!“ flüsterte Joni und hielt die Türklinke nach unten, damit sie nicht quietschen konnte.

Leise rutschte Conni aus dem Bett.

„Okay! Sekunde, Joni!“

Er huschte ans Regal und griff sich die große Taschenlampe, ohne sie anzuschalten.

Joni schloß behutsam die Tür hinter ihm, als sie auf dem Flur standen.

Auf Zehenspitzen gingen sie vorsichtig zur Wohnungstür.

Joni hatte wieder an alles gedacht. Das Aufschließen ging nämlich nur dann halbwegs geräuschlos, wenn man dabei ein dickes Handtuch um die Hand und den Schlüssel wickelte und gegen die Tür drückte.

Conni war Spezialist dafür. Er nahm das Tuch, wickelte, drückte und drehte und – ohne einen Laut öffnete sich die Tür und sie waren draußen.

Nein, nicht draußen, sondern drin. Sie waren zwar raus aus der Wohnung, aber drin im Museum. Denn auf ihrem Weg mußten sie da hindurch. Sie tasteten sich den Gang entlang.

Es war stockduster. Man konnte die Hand nicht vor den Augen sehen.

„Jetzt kannst du die Taschenlampe anmachen!" zischelte Joni.

Conni tat wie geheißen.

Mit einem Mal fuhren beide erschrocken zusammen, denn vor ihnen stand – im hellen Lichtkegel der Lampe ganz nah – ein zwei Meter hoher, aufrecht stehender Grislybär, der furchterregend die Zähne bleckte und mit den Tatzen nach ihnen zu greifen schien.

„Huch!" rief Joni etwas zu laut, dann faßte sie sich wieder. „Immer wieder erschrecke ich vor ihm. Da kann man glatt verstehen, warum die Indianer die Grislybären so sehr gefürchtet und aus ihnen Halbgötter gemacht haben!"

Sie waren hintenrum – also nicht durch die Eingangshalle – ins Museum gegangen und standen deshalb gleich in der Nordamerika-Abteilung. Der Grisly war natürlich ausgestopft und stand immer dort, wie auch die anderen Gegenstände alle, die vom Leben der Indianer zeugen sollten.

„Also ich erschrecke nicht mehr vor Onkel Alfred", sagte Conni, „denn ich weiß ja, daß er hier steht!"

Der Grislybär hatte bei den Kindern den Namen Onkel Alfred. Das kam daher, daß der Bruder ihrer Mutter, also Onkel Alfred, ein sehr großer dicker Mann mit einer tiefen Stimme war, der sie bei seinen seltenen Besuchen immer an den ausgestopften Grislybären erinnerte.

Viele Gegenstände im Museum hatten bei den Kindern einen Namen.

So gab es zum Beispiel in der Nordpolabteilung – bei einer Szene, die eine Eskimojagd darstellte – ein dickes Walroß, das sie auf den Namen Herr Doktor Schumacher getauft hatten, weil beide einen sehr dicken Lehrer mit einem Schnauzbart hatten, der dem Walroß verblüffend ähnlich sah.

Das gebündelte Licht malte den Schatten des zottigen Bärenungetüms riesengroß an Wand und Decke. So wirkte es noch riesiger und fürchterlicher.

Auch sonst sah es hier nachts in der Dunkelheit und Stille nicht allzu vertrauenerweckend aus.

Die mattschimmernden, schwärzlichen Totempfähle vor den Wigwams, andere ausgestopfte Tiere wie Biber und Waschbären, alles schien in der Dunkelheit lebendig zu werden und gefährlich zu lauern.

Sogar ‚echte' Indianer in voller Kriegsbemalung, den Tomahawk schwingend, standen da: Wachsfiguren, deren täuschend lebendige Glasaugen gespenstisch leuchteten, wenn der Schein der Taschenlampe auf sie fiel.

Obschon das alles für Joni und Conni nicht neu war, hatten sie sich doch instinktiv an der Hand genommen und schoben und zogen sich vorwärts durch die Geisterwelt der Figuren und ihrer Schatten.

Sie gingen immer hier entlang, weil das der kürzeste Weg zu ihrem Versteck war.

Dazu mußten sie allerdings noch durch die Steinzeitmenschen-Abteilung, die besonders gruselig war, weil die affenähnlichen Gestalten dort bewußt so am Eingang des Raumes aufgestellt waren, daß man gleich merken sollte, was das damals für knallharte Burschen gewesen waren, und – wie Hermann Löffel immer sagte – es gab nichts Besseres in einem solchen Völkerkundemuseum, als den Besuchern so naturgetreu wie möglich vorzuführen, wie es früher und anderswo ausgesehen hatte.

Die Steinzeitleute schienen die Kinder als willkommene

Beute zu betrachten und schwangen ihre hocherhobenen Keulen gegen sie. Dabei schoben sie ihre massigen Unterkiefer vor und rissen wild die Augen auf.

„Das ist immer wieder schön schaurig“, sagte Joni, als sie schließlich daran vorbei waren.

Der lange Flur, der sich an den Steinzeit-Saal anschloß, führte zum hinteren Treppenaufgang des Hauses. Dahin wollten sie.

Das Treppenhaus war nicht nur der Zugang zu den oberen Stockwerken, sondern man erreichte darüber, wenn man noch weiter hinaufstieg, auch den Dachboden.

Und dort – auf dem Dachboden – befand sich Jonis und Connis ‚Sekreto‘.

Sekreto ist spanisch und heißt sowohl ‚Geheimnis‘ als auch so etwas wie ‚Versteck‘.

Das hatte Conni mal in einem spannenden spanischen Schmöker über Schmuggler gelesen.

Die Konterbande – so wird Schmuggelware bezeichnet – wird demnach, oder wurde jedenfalls früher, von den Schmugglern erst einmal zwischengelagert. Eben in solchen Sekretos.

Nur die Schmuggler selbst und die mit ihnen handelten, ihre Waren kauften, kannten diese geheimen Verstecke. Sonst niemand. Meist waren es verlassene Häuser oder eine einsam gelegene Hütte in den Bergen oder Felsenhöhlen oder Grotten am Meer, in die man mit kleinen Booten nachts ungesehen hineinfahren konnte.

So ein Sekreto hatten sich Joni und Conni auf dem riesengroßen Dachboden des alten Museumsgebäudes eingerichtet. Geschmuggelt wurde zwar nicht, aber mindestens ebenso geheimnisvoll war es.

Jetzt hatten sie ihr Ziel erreicht.

Das Versteck lag in einer der drei kleinen Dachgauben des Bodens.

Das hatte den Vorteil, daß es schön abgeteilt war und man nicht so schnell hineinsehen konnte. Außerdem sparten sie

Taschenlampenbatterien, da durch das kleine Dachfenster der Schein der hohen Bogenlampen von der Straße hineinfiel. Bei hellem Vollmond konnte man dort sogar lesen.

„So", sagte Joni leise, als sie angekommen waren, „jetzt kannst du die Taschenlampe wieder ausmachen!"

Das wußte Conni zwar selber, weil es immer so lief, wenn sie in ihr Versteck schlichen. Aber Joni tat manchmal gern so, als wäre sie diejenige, die immer alles allein wüßte, die sich immer um alles kümmern müßte, von der alles abhing ... Na ja, sie war eben die ‚Große' der beiden Geschwister.

„Ach, nee!" antwortete Conni deshalb – wie öfter bei solchen Gelegenheiten.

Das Versteck war ziemlich komplett eingerichtet. Unter dem Fenster stand ein alter Campingtisch mit angerosteten Beinen und einer Plastiktischdecke darauf. Zwei alte Klappstühle, die man so seitlich zusammenklappen konnte, dienten als Sitzgelegenheiten.

Drei aufeinandergestapelte Apfelsinenkisten bildeten ein Regal. Darin befand sich alles mögliche Nützliche: Taschenmesser, Bindfaden, Klebestreifen, Schreibzeug, eine Schere, Klebstoff, Briefmarken, Vogelfutter, ein kleines altes Fernglas, drei Weckgläser mit einer Menge Schrauben, Krampen und Nägeln drin und vier nagelneue Taschenlampenbatterien.

„Falls uns hier oben mal der Saft ausgeht", hatte Conni gesagt, als er sie dorthin packte.

Sogar richtiges Geschirr – Teetassen, flache und tiefe Teller, zwei Gläser und Bestecke – gab es. Außerdem eine Thermoskanne für kalten Tee im Sommer und heißen Tee im Winter. Denn auf so einem Dachboden kann es ziemlich extreme Temperaturen geben. Darüber hinaus hatten sie noch in einer Blechdose ein paar Stück Schokolade und ein paar Kekse als eiserne Ration ... für den Notfall sozusagen.

Den Fußboden hatten sie mit einem alten Flokatiteppich ausgelegt, den Mutter Löffel auf den Sperrmüll hatte schmeißen wollen, und auf dem Tisch am Fenster wuchs sogar eine

Geranie in einem Plastiktopf und blühte auch.

Richtig wohnlich war es also im Sekreto.

Als sie im Schneidersitz auf dem Flokatiteppich Platz genommen und eine Kerze angezündet hatten, fing Joni mit gesenkter Stimme feierlich an:

„Ich glaube, der Fall fordert von uns den ‚Großen Ratschlag!' Ohne den ‚Großen Ratschlag' werden wir erbärmlich scheitern. Selbst unter Aufbietung aller unserer Kräfte ist der Ausgang ungewiß. Bruder ‚Sitzender Büffel', sprich!"

Den Namen ‚Sitzender Büffel' hatte Conni sich zugelegt, weil einer der berühmtesten Sioux-Indianerhäuptlinge so hieß, der große ‚Sitting Bull'.

‚Tatanka Yotanka', wie Sitzender Büffel auf indianisch heißt, war Häuptling der Hunkpapa-Sioux. Mit denen und vielen anderen vereinigten Indianer-Stämmen besiegte er 1876 eine Abteilung der US-Kavallerie unter General Custer in der Schlacht am Little Big Horn River.

Seine Schwester nannte Conni ‚Sprechender Vogel', weil sie doch ihre Taube Bibs immer auf der Schulter trug.

„Du hast wohlgesprochen, Schwester Sprechender Vogel", sagte er, „und ich wog deine Worte mit Aufmerksamkeit. Höre nun, was ich dir entgegnen möchte: Auch ich meine, der ‚Große Ratschlag' ist der Sache angemessen. Diese Frage scheint von bedeutender Wichtigkeit. Selbst ‚Faltiges Ohr' und ‚Weiße Feder' sind offenbar ratlos und voller Sorgen. Kümmern wir uns also darum. Hugh, ich habe gesprochen!"

Bei seinen letzten Worten hob er beide Hände etwa in Schulterhöhe und drehte die Handflächen zu Joni – ein Indianerzeichen des Sich-Verstehens und der friedlichen Absichten des Sprechers.

‚Faltiges Ohr' wurde in ihrer Indianersprache der Vater genannt, eine freundlich-blumige Übersetzung von ‚Alter Löffel'. Und ‚Weiße Feder' hieß deshalb so, weil Magda Löffel so eine schneeweiße schmale Haarsträhne in ihren dunklen Locken hatte.

Den ‚Großen Ratschlag' hatte sich Conni natürlich auch

bei den Indianern abgeguckt.

Das ist eine feierliche Versammlung, an der eigentlich nur die Stammesältesten und Häuptlinge teilnehmen. Diese Versammlung wird einberufen, wenn wichtige Entscheidungen beraten werden müssen oder große Vorhaben geplant sind.

Und so etwas stand ja für Joni und Conni nun auch an.

Den richtigen Großen Ratschlag – wenn er ganz echt sein soll – muß man auch genauso zeremoniell aufziehen wie die Dakotas, Hunkpapas und wie sie alle heißen. Dazu gehören dann allerlei besondere Handlungen, Zeremonien, die alle etwas bedeuten, woran die Indianer glauben – oder jedenfalls glaubten.

Conni hatte mit viel Glück zum Beispiel eine Tonkassette mit einem Indianergesang ergattert, die er zur Eröffnung des Großen Ratschlags meistens auf seinem alten Kassettenrecorder abspielte.

In dem Gesang wird angeblich der Weise Manitu beschworen – das ist so etwas Ähnliches wie Gott oder Allah – den beratenden ältesten Häuptlingen Kraft und Klugheit zu verleihen.

Man kann davon natürlich nichts verstehen, aber der kehlige und merkwürdig gurgelnde Laut der kräftigen Stimme hört sich unheimlich toll an.

Der ganze Gesang ist mehr rhythmisch, und man kann sich richtig vorstellen, wie die Indianer dazu tanzten.

Dieses Mal hatten Conni und Joni es allerdings eilig, und es gab so viel zu besprechen. Deshalb ließen sie den Gesang und das Drumherum ausnahmsweise weg und kamen gleich zur Sache.

„Es ist zu komisch, wie das passiert sein soll“, fing Conni an, „keine Spuren, keine Alarmanlage in Betrieb, nichts. Und daß der Dieb oder die Diebe am Montag, wo die ganzen Arbeiter da waren und Mahlzeit und wir, daß der oder die das ausgerechnet dann gemacht haben, so ein Ding zu drehen, das glaube ich einfach nicht.“

„Nein, ich auch nicht“, bestätigte Joni, „ich halte es für viel wahrscheinlicher, daß es am Wochenende passiert ist."

Conni überlegte: „Aber wir haben ja auch teilweise am Wochenende fast überall im Haus ausgepackt und aufgestellt. Irgendwo müssen sie doch in dieser Zeit gesteckt haben ..."

„Ja, Bruderherz, die werden euch natürlich nicht vor der Nase herumgetanzt sein", spottete Joni, „sie haben sich versteckt. Das ist doch klar!"

„Ja, aber wo? Wo denn?" rätselte Conni. „So leicht ist das ja gar nicht, Schwesterherz, oder? Im Wigwam bei den Indianern? Zu riskant! Oben beim Mittelalter, in einer Ritterrüstung vielleicht? Das geht auch nicht. Also, wo?"

„Na ja, es gibt natürlich viele Abstellkammern auf den Gängen, außerdem den Keller, und ... Ja! Ja, ich glaube, ich weiß es!" Und im gleichen Augenblick war auch Conni auf dieselbe Idee gekommen.

Sie guckten sich an und riefen, fast im Chor:

„Auf dem Boden!"

„Warum sollten die nicht auf den gleichen Gedanken gekommen sein wie wir?" meinte Conni aufgeregt. „Das ist doch ein ideales Versteck hier oben. Hier geht doch nie jemand rauf – außer alle Jubeljahre mal, um was abzustellen."

„Hoh", erwiderte Joni mit plötzlich leiserer Stimme – so, als ob sie auf einmal nicht mehr allein wären auf dem Dachboden – „haben die vielleicht sogar hier auf unseren Stühlen gesessen oder auf dem Flokati geschlafen!"

Ein kleiner Schauer durchrieselte sie bei der Vorstellung.

Conni war bereits aufgesprungen und hatte die Taschenlampe wieder angeknipst:

„Komm, wir gucken mal genau, ob wir irgendwelche Spuren finden!"

Sie gingen in die Hocke und suchten zunächst einmal den Fußboden ihres Sekreto genau ab. Da war aber nichts.

„Dann müssen wir uns auf dem restlichen Boden umsehen", schlug Joni vor.

„Okay, los geht's!" sagte Conni.

Sie verließen ihr Versteck.

Joni machte eine Handbewegung, die so etwas wie ‚Moment mal!' andeuten sollte:

„Wir müssen aber systematisch vorgehen", meinte sie, „sonst kommen wir nie vernünftig durch."

„Gut, meinetwegen auch systematisch", gab Conni zurück, der sehr aufgeregt war und sich mal wieder nicht bremsen konnte. Aber seine Schwester hatte ja recht, und so gab er brummend nach.

Die Durchsuchung des alten Dachbodens war nicht einfach. Denn erstens war er wirklich riesengroß. Genauso groß wie die ganze Grundfläche des Gebäudes, über dem er lag, mehr als sechshundert Quadratmeter. Außerdem war er ziemlich vollgestellt mit lauter Sachen, die im Museum entweder ausrangiert worden waren – aber zu schade zum Wegwerfen – oder nicht mehr ganz heil, nicht zeitgemäß oder sonstwas.

Da gab es Dinge, die einem nicht mal im Traum einfallen würden: Eine Kiste mit seltsamen, alten Militäruniformen, mehrere große Überseekoffer, von denen die meisten verschlossen waren, so daß man nur ahnen konnte, was darin war. Einer war offen und voll eigentümlicher Dokumente und Zeichnungen, die so aussahen, als hätten sie irgendwas mit archäologischen Forschungen und Ausgrabungen zu tun – es waren jedenfalls Beschreibungen von Dingen und Vorgängen, von denen die Kinder nichts verstanden. Gruselige Gegenstände gab es auch: Naturgetreue Nachbildungen von alten Totenschädeln zum Beispiel, von Urzeitmenschen wie dem Neandertaler mit affenartig fliehender Stirn und ausgeprägten Backenknochen.

Das Gruseligste und zugleich Empörendste hatten Joni und Conni gleich beim erstenmal gefunden, als sie damals den Dachboden entdeckt hatten und sich ihr Versteck einrichteten.

In einer der hintersten, finstersten Ecken stand tatsächlich ein echter ausgestopfter Mensch!

Es war ein Farbiger, der etwas Turbanähnliches auf dem Kopf und Pluderhosen trug und ein Tablett in den Händen hielt.

Zuerst hatten sie ihn auch für eine Wachsfigur gehalten, dann aber die schreckliche Wahrheit erkannt. Vor vielen Jahren hatte man dieses entsetzliche Exemplar aus einer der Kolonien hierher gebracht, die damals unter deutscher Herrschaft standen. Und die Museumsleitung hatte es als Beispiel für eine besonders minderwertige Rasse der Menschheit hier tatsächlich ausgestellt.

Wie der Arme gestorben war, wußte natürlich keiner mehr. Jedenfalls war er danach – wie ein seltenes Tier – ausgestopft und präpariert worden und dem staunenden Publikum als exotisches Wesen vorgestellt worden.

Darunter, auf dem Sockel, der ihn trug, stand: ‚Neger, auch Mohr. Entstammt dem westlichen Afrika. Zu Lebzeiten Bediensteter des Fürsten Makowitz‘ – und da das heutzutage nicht mehr so ganz zeitgemäß war, hatte man ihn lieber auf den Dachboden verbannt. Da stand er nun unter einer Plastikhülle und guckte seit fast hundert Jahren aus seinen traurigen Glasaugen wehmütig hinunter auf das Silbertablett, das er in der verdorrten Hand hielt.

Joni war gerade auf allen vieren unter einem Tisch, auf dem staubige Bücherstapel lagen, in eine Ecke gekrochen und leuchtete mit der Taschenlampe in die Runde.

Bisher hatten sie noch nichts entdecken können.

Da – an einer Stelle war der Staub weg.

„Hier muß was gewesen sein, vor gar nicht langer Zeit!“ zischelte Joni.

Die Stelle war recht groß.

„Da könnte einer gelegen haben“, fuhr Joni nach einer kleinen Pause fort, „vielleicht sogar geschlafen haben ...“

„Komm, gib mir mal die Lampe“, forderte Conni sie auf, „damit ich hier noch an der Seite leuchten kann.“

Joni legte die Lampe auf den Holzfußboden und drehte sie unter dem Tisch zu ihm hin. Dabei glitt der Lichtstrahl parallel zum Fußboden auf Conni zu, so daß jede kleine Unebenheit einen Schatten warf.

„Heeh ... mach noch mal!“ flüsterte Conni erregt.
Joni begriff nicht gleich.
„Was? Was soll ich noch mal machen?“ fragte sie zurück.
„Noch mal so mit der Lampe wie eben! Mach schon!“ rief Conni ungeduldig.
Joni drehte die Leuchte wieder langsam über den Boden.
„Halt!“ rief Conni.
Im Gegenlicht konnte er jetzt deutlich erkennen: Da war an einer Stelle – dort mitten auf dem Fleck, der die Staubdecke unterbrach, ein kleiner, knittriger bräunlicher Gegenstand, der ungefähr die Form eines kleinen Fingers hatte, nur etwas zerknautschter.
Joni kroch hin.
Vorsichtig hob sie das Ding auf und betrachtete es.
„Ein Zigarillo“, sagte sie mit zusammengekniffenen Augen und noch mal: „Eindeutig ein Zigarillo! Jedenfalls der Rest davon!“
Sie kam unterm Tisch hervor und beleuchtete den Stummel auf ihrer flachen Hand, die sie Conni hinhielt.
„Rauchen auf dem Dachboden ist aber streng verboten!“ sagte sie kichernd.
Conni erwiderte ernst:
„Daran werden die sich gerade gehalten haben – wo sie doch so viel schlimmere Dinge vorhatten! Zeig mir mal die Kippe her ... Da ist sogar noch ein Plastikmundstück dran. Und darauf steht auch noch was ...“ Er versuchte, es in dem schwachen Taschenlampenlicht zu entziffern.
„Die Zigarillomarke, nehme ich an!“
„Nee, da steht bestimmt ‚Schönen Gruß an Conni, den Superdetektiv!‘ drauf“, spottete Joni, während ihr Bruder den Stummel kennerhaft zwischen den Fingern drehte und nun auch etwas fand.
Er las laut vor: „Krummer Hund.“
Beide prusteten los, und Joni meinte kichernd: „Das glaube ich nicht – zeig her!“
„Hier, da steht's: Krummer Hund!“ wiederholte Conni

und zeigte es seiner Schwester.

Nachdem sich ihr Gekicher gelegt hatte, sagte Joni: „Daß so ein krummer Hund auch noch ‚Krumme Hunde‘ raucht! Irre, einfach irre!“

„Komm, wir suchen weiter!“ schlug Conni vor.

Das taten sie, aber sie fanden nur einen zweiten Stummel derselben Zigarillomarke, sonst nichts mehr.

Inzwischen war es auch schon nach Mitternacht, und sie beschlossen, sich doch eine Mütze Schlaf zu gönnen.

„Wir müssen schließlich schön fit sein für die großen Anforderungen, die auf uns zukommen“, erklärte Joni.

Recht hatte sie.

Torte, Billie und ein Haufen Schrott

Der Dienstagvormittag verlief vergleichsweise gähnend langweilig.

Na klar ... Schule. Wie meistens.

‚Guten Morgen, Klappe halten, Hausaufgaben abgeben ... Dauer zehn Minuten', pflegte Joni die Schulstunden zu beschreiben, ‚und wenn du halbwegs mit einer Sache angefangen hast, dann klingelt's wieder ... raus auf den Schulhof ... bis der Tanz von vorne anfängt. Also, wer sich das ausgedacht hat!?'

Beim Frühstück waren die beiden vom Oberlöffel strikt verdonnert worden, von dem Maskenaustausch kein Sterbenswörtchen zu erzählen. Er hatte mit der Polizei abgesprochen, die Entdeckung des Schwindels so lange wie möglich geheimzuhalten – einmal, um die Fälscher in Sicherheit zu wiegen und damit möglicherweise leichter an sie heranzukommen, und zum anderen, um das Museum aus der öffentlichen Debatte herauszuhalten.

Das war ja durchaus einzusehen, und so versprachen Joni und Conni, sich daran zu halten.

Joni war zwei Klassen weiter in der Schule als ihr Bruder, weil sie älter war. Sie war gerade in die zehnte Klasse wie Conni in die achte versetzt worden.

Beide hatten nur einen Lehrer gemeinsam, den in Deutsch und Geschichte – das war Herr Knaak.

Der tat immer sehr wissenschaftlich und war sehr genau, und wenn er einen nicht verstand, dann sagte er immer:

„Nun mach es doch bitte mal inhaltlich!"

Da betonte er das ‚inhaltlich' und machte ein etwas gequältes Gesicht.

Er hatte so einen runden Kopf mit schütteren Haaren obendrauf und einen kleinen Schnauzbart unter seiner runden Knubbelnase, auf der – als Gegensatz – eine ganz eckige Brille saß.

Herr Knaak polterte zwar manchmal ein bißchen arg, aber wenn man ihn länger als Lehrer gehabt hatte und besser kannte, merkte man, daß er eigentlich ganz freundlich sein konnte.

Joni war diesmal im Deutschunterricht überhaupt nicht bei der Sache. Viel zu müde und außerdem dauernd in Gedanken bei den verschwundenen Masken.

„Mensch, Mädchen, nun konzentrier dich doch mal ein bißchen!" polterte Herr Knaak sie an, als sie erst nach dem dritten Mal merkte, daß sie aufgerufen wurde.

Gleich nach der Stunde wußte sie nicht mehr, was sie eigentlich gelernt hatten. Aber das wußte sie sowieso häufig nicht so recht.

Conni erging es an diesem Tag ganz ähnlich. Er war so abgelenkt, daß er nicht einmal merkte, wie ihn der dicke Hans vom Unterricht ablenken wollte. Er guckte nur aus dem Fenster und grübelte vor sich hin.

Dabei war Geschichte, was gerade dran war, sonst durchaus eines der Fächer, die ihn interessierten.

Beide atmeten jedenfalls erleichtert auf, als die Schule um war. Weil sie zu unterschiedlichen Zeiten rauskamen, Conni schon nach der vierten Stunde, da Kunst ausfiel, und Joni nach der fünften – trafen sie sich erst zu Hause wieder.

Es gab Hähnchen zum Mittagessen.

„Aber die guten vom Schlachter", sagte Magda Löffel, als Joni den Mund verzog und ‚Gummiadler!' maulte.

Sie waren wirklich gut, frisch, saftig und kräftig im Geschmack – und den Kartoffelsalat hatte die Mutter selbst gemacht.

Ovi – Hermann Löffel – erzählte, was inzwischen losgewesen war:

„Die Polizei war noch mal da. Die haben dort mittlerweile in ihrem Labor bestätigt gefunden, daß die Masken aus dieser Kupfer-Messing-Mischung angefertigt worden sind, wie ich schon vermutet hatte", stolz blickte er in die Runde, „und außerdem haben sie mich gebeten, die Fälschungen bei der Ausstellung aufzubauen. Ohne einen besonderen Hinweis. So, als ob wir nicht gemerkt hätten, daß es nicht die Originalmasken sind. Dann kann die Polizei ‚leise und effektiv' arbeiten, meint der Kommissar Hecker, ‚nicht wahr'?!"

Conni und Joni mußten lachen und äfften den Erwähnten im Chor nach: „Nicht wahr?"

Vater Löffel fuhr fort:

„. . . das entspricht auch ganz den Interessen der Versicherung. Rakowski rief an, er hat mit denen geredet. Er ist extra hingefahren. Sie setzen darauf, daß die Masken am Kunstmarkt sehr schwer verkäuflich sein werden. Weil man sie ja nicht offen handeln oder versteigern kann. Deshalb wollen sie die weiche Tour fahren, wie Rakowski sagt. Das heißt, über alle möglichen Kanäle den Dieben Zeichen geben, daß man sie straffrei ausgehen läßt, wenn sie die Originale wieder hergeben. Die Polizei würde da auch mitspielen, haben die Leute von der Versicherung gesagt. Die kennen ja solche Fälle und die entsprechenden Methoden. Morgen sollen erst einmal in allen größeren Fach- und Tageszeitungen gezielte Kleinanzeigen veröffentlicht werden. Irgendwie verschlüsselt, aber so, daß die Gangster Bescheid wissen. Sogar eine Belohnung will die Versicherung aussetzen!"

„Was? Wie bitte?!" fragte Magda Löffel dazwischen. „Da sollen die auch noch für ihren Diebstahl belohnt werden? Das find ich aber stark! Die können doch froh sein, wenn sie schon um ihre Strafe herumkommen. Denen auch noch Geld hinterherwerfen – also ich weiß nicht!"

„Na ja", erklärte ihr Mann, „die Leute von der Versicherung denken da nicht nur einfach moralisch, schätze ich. Die rechnen aus, was für sie billiger wird: Ein paar Zehntausender als Belohnung, oder aber die ganze Million für den Ersatz des Maskenwertes. Das sind eben ganz einfach nur Geschäftsleute, Magda. Ich muß auch sagen, mir ist das lieber, wenn auf diese Weise wenigstens die unersetzlichen Stücke wiederauftauchen, als wenn vielleicht – im schlimmsten Fall – die Ganoven aus Angst vor Entdeckung und Strafe die Masken zu einem Klumpen Gold schmelzen und denn verkaufen ... oder sonst irgend so was!"

„Tja, vielleicht hast du ja recht. Hoffentlich!" gab Magda Löffel zu.

Joni und Conni verfolgten das Gespräch der Eltern gespannt. Sie hatten eigentlich ihren nächtlichen Ausflug gestehen wollen, um von den Spuren zu berichten, die sie gefunden hatten.

Aber jetzt, nach den neuen Informationen, wußte Joni nicht so genau, ob das überhaupt noch notwendig war.

Es bestand ja immerhin das Risiko, daß ihr Geheimversteck bei dieser Gelegenheit aufgeflogen wäre. Und wenn Versicherung und Polizei im Moment auf Verhandlungen aus waren und nicht unbedingt auf Gangsterjagd und Festnahme ...

Joni tippte Conni unter dem Tisch mit dem Fuß an und machte ihm unauffällig ein Zeichen – Zeigefinger auf die Lippen –, damit auch er vorerst nichts verraten solle.

Auf jeden Fall mußten sie neu beraten und alles überdenken. Erst dann konnte entschieden werden, was nun geschehen sollte.

Conni verstand. Er hielt den Mund.

Wie abgemacht, fuhr die Familie Löffel am Nachmittag zum Schrottplatz, um das Auto anzugucken, in das Mama sich verliebt hatte.

Dr. Hermann Löffel hatte seine Helfer im Museum eingewiesen, die Mutter war noch kurz zur Bank gefahren, aber nun ging es los.

Joni und Conni saßen auf der Rückbank, und wenn sie leise sprachen, konnten die beiden vorne sie nicht verstehen, weil der Auspufftopf ein kleines Loch hatte und beim Fahren wunderschön röhrte.

„Hast du das vorhin verstanden?" fragte Joni.

„Ja, ich glaube schon", antwortete Conni, „die Frage ist, ob es im Moment angebracht ist, von den Spuren zu berichten."

„Ja, genau. Laß uns mal bis heute abend warten, dann besprechen wir das gründlich."

„Okay!" sagte Conni.

Der Schrottplatz lag ziemlich weit draußen am Stadtrand. Von der Wohnung neben dem Museum mußte man erst ein Stück aus der Innenstadt heraus am alten Wallgraben entlang, über den Hafen und durch das Vergnügungsviertel fahren. Von da aus führte eine lange vierspurige Ausfallstraße vom Stadtkern weg durch die Vororte.

Von Kilometer zu Kilometer stadtauswärts wurde es immer grüner. Villen mit prächtigen, parkartigen Gärten und Vorgärten säumten die Straße, bis dann sogar ein Stück Wald durchquert werden mußte. Darauf folgten Schrebergärten auf der einen Seite, und auf der anderen lief ein Bahndamm parallel zur Straße.

Die nun noch zweispurige Straße war ein bißchen rund und oft ausgebessert. Auf der Zufahrt ächzten die alten VW-Stoßdämpfer nach jedem Schlagloch, jedenfalls die zwei, die noch intakt waren. Die beiden anderen machten sowieso nur noch ‚plopp, plopp'!

Der Weg endete vor einem großen eisernen, offenstehenden Tor, neben dem ein etwas verwittertes Schild verkündete:

‚Eisen- und Metallverwertung terNedden'.

Sie waren am Ziel. Magda Löffel stellte den Motor ab und alle stiegen aus.

Stille ringsum.

Es schien kein Mensch dazusein.

Drei hohe Schrottberge mit Autowracks, über deren von der Sonne erhitztem Blech die heiße Luft waberte, einige Wellblechschuppen mit geöffneten Toren, ein haushoher Kran auf einem Schienenstrang neben den Schrottbergen – aber kein Mensch war zu sehen.

In der sonnigen Hitze und Ruhe des Platzes hatten die Löffels einen Moment lang den Eindruck, plötzlich nicht hier am Rande ihrer Heimatstadt, sondern weit weg in einer mexikanischen Westernszene zu sein, wo in der brennenden Sonne außer dem vereinzelten Summen von Fliegen nichts zu hören war.

Conni entdeckte jetzt neben dem Eingang zum Platz einen galgenähnlichen Pfahl, an dem eine Glocke mit Zugseil befestigt war.

„Vielleicht klingeln wir mal!" schlug er vor.

„Gut", brummte Hermann Löffel und zog an dem Seil.

Die Glocke klang laut und hoch.

Sofort erklang helles Hundegebell, und es quietschte eine der rostigen Schuppentüren.

Ein älterer Mann kam auf sie zu. Er war weißhaarig, ziemlich groß und knorrig und ging leicht gebückt, wobei er das linke Bein etwas nachzog.

Hinter ihm kam aus dem Schuppen ein kleiner, dicker Hund kläffend herausgeschossen und rannte auf die wartende Gruppe zu.

„Oh, Hermann, Hilfe, ein Köter!" quietschte Magda Löffel ängstlich und klammerte sich an ihren Mann.

Vor Hunden hatte sie eigentlich keine Angst – jedenfalls nicht vor normalen, mittelgroßen gutgekämmten mit Halsband. Aber bei kleinen, wuscheligen Mischlingen ohne Halsband geriet sie jedesmal wieder in Panik.

Warum, wußte niemand.

„Der tut nix!“ rief der große Mann schon von weitem. „Sie haben geklingelt. Da weiß er dann, da ist Kundschaft!“

Wie zur Bestätigung bremste der kleine Hund schlagartig ab – und die ganze Familie Löffel brach in Gelächter aus, als er sich plötzlich auf die Vorderpfoten stellte und vier, fünf Schritte im Handstand lief, um danach einen richtigen Purzelbaum zu schlagen.

„Das ist ja zirkusreif!“ rief Hermann Löffel begeistert.

Der ältere Mann war inzwischen herangekommen und streckte ihnen die Hand entgegen:

„Guten Tag, mein Name ist Heinrich Müller! Ja, der Hund ist eine richtige Nummer! Der kann noch viel mehr. Und er macht es so gern vor, denn er ist wirklich scharf auf Publikum!“

Er musterte die Löffels. Dann erkannte er Magda Löffel wieder.

„Ach nee – Sie sind doch Frau ... äh ... Frau Löffel, nicht wahr? Sie sind wegen dem Opel hier, ja? Da ham Se Glück. Der ist gestern grade fertig geworden!“

„Oh, das ist aber fein!“ erwiderte Magda Löffel erfreut.

„Ja, viel war da ja nicht dran zu machen. Is grundsolide im Blech, de olle Kasten! Kommense man gleich mit hierrüber. Der steht da hinnerm Schuppen!“

Dabei drehte er sich mit einer einladenden Armbewegung um und ging voraus.

Alle zusammen folgten dem Alten zum größten und höchsten Schuppen, der auf dem Platz stand.

Auch der kleine, dicke Hund begleitete sie.

Er rannte schwanzwedelnd um die Gruppe herum, sprang behende wie ein Gummiball über einzelne Autoteile, die den Weg säumten, und drehte sich um sich selbst, als wolle er sich in den Schwanz beißen. Joni und Conni schauten vergnügt zu, wie er ab und zu mal ruckartig stehenblieb und dann kleine schräge Bocksprünge wie eine junge Ziege vollführte, dabei den pummeligen Rücken krumm machte und danach die kurzen Beine ganz gerade in die Luft streckte.

Das sah unglaublich komisch aus, und die beiden mußten immer wieder herzlich lachen.

Als sie die lange Seitenwand des Gebäudes gerade hinter sich ließen und um die Ecke bogen, spitzte der Hund plötzlich die Ohren, als höre er irgendwas.

Es war aber nichts zu hören. Trotzdem raste er schnurgerade auf ein Häuschen zu, das man in einiger Entfernung sehen konnte. Der Hund verschwand in dem überwucherten Vorgarten, durch den sie die weiße Fassade des hübschen Hauses schimmern sahen.

Einzelheiten waren durch die vielen Büsche und Bäume des Gartens zwar nicht auszumachen, aber Joni und Conni konnten erkennen, daß das Haus zweigeschossig war, denn ein ebenfalls weißer Giebel bildete den oberen Teil der Vorderfront. Er trug einen winzigen, eisernen Balkon mit Blumenkästen. Darin wuchsen viele verschiedenfarbig blühende Pflanzen – weiß, rosa und blau – so üppig, daß man vom Rest des Balkons kaum noch etwas sehen konnte.

„Da wohnt die Chefin – und ihr Sohn – und auch ich hab da meine Bleibe!" erklärte Heinrich Müller knapp – weil alle stehengeblieben waren und dorthin guckten, überrascht, mitten auf einem Schrottplatz so ein wunderhübsches Fleckchen und Haus zu finden.

„Und hier ist Ihr ‚Olympia'!" sagte der Mann und wies auf das Auto, das wie neu glänzte. „Datt is noch der Originallack, mußten wir nur paar kleine Stellen ausbessern. So gut is der in Schuß!"

Richtig stolz, als wenn er den Wagen selbst konstruiert und gebaut hätte, war Heinrich Müller, als er das Auto vorführte. Liebevoll strich er über den polierten himmelblauen Lack und öffnete behutsam, beinahe zärtlich, die alten Türschlösser.

Es war ein Viertürer, und während drei Türen offenblieben und den Blick auf das schöne, plüschige Innere freigaben, ließ der stolze Monteur die Beifahrertür mehrmals leicht ins

Schloß fallen. Dabei fragte er:

„Hören Sie das? Merken Se das? Wie sich das anhört, dieses satte Klicken!? Datt is noch ordentliches Material und sorgfältige Arbeit dazu! So 'ne Türen brauchen se nich knallen, die *fallen* ins Schloß wie Butter!"

Und weiter erzählte und erklärte er jetzt jede Kleinigkeit und Besonderheit und alles, was er repariert und wiederhergestellt hatte.

Derweil hatten Joni und Conni, nachdem sie das Auto von außen bestaunt hatten, es sich auf der Rückbank bequem gemacht und betrachteten vergnügt die altertümlichen Armaturen, Schalter und Knöpfe.

Conni tat es besonders der verchromte Hupring an, der auf den Speichen des großen dünnen Lenkrades lag.

„Wollen wir mal testen, wie die Hupe klingt?" fragte er Joni.

Vater Löffel hatte gerade mit Heinrich Müller den Gesprächsfaden von vorhin wiederaufgenommen:

„Wenn da drüben Ihre Chefin wohnt, dann gehört Ihnen ja der Laden hier gar nicht?" wollte er wissen.

„Nee, nee, ich gehöre hier zum Inventar!" erwiderte Heinrich Müller.

Da ertönte ohrenbetäubender Lärm: die Hupe.

Es war ein Dreiklang-Horn, das wohl nachträglich eingebaut worden war, und es zerfetzte die sommerliche Nachmittagsstille wie ein Tiefflieger die Ruhe überm Wattenmeer.

Und es hörte und hörte nicht auf – obwohl Conni die Hand längst nicht mehr auf dem Hupring hatte. Die Hupe klemmte.

„Die Zündung!" schrie der Mechaniker und fuchtelte mit den Armen.

Aber Conni konnte ihn nicht verstehen bei dem Krach. Also lief der Alte um das Auto herum, beugte sich hinein und drehte den Zündschlüssel zurück.

Endlich war wieder Ruhe.

„Uff!" stöhnte Magda Löffel, die ebenso erschrocken war

wie die anderen. „Die Hupe ist ja ekelhaft! Kann man da nicht ...?“

Heinrich Müller ließ sie nicht ausreden:

„Haben Se recht, liebe Frau, haben Se absolut recht! Die hat wohl ’n Spinner später mal reingebaut, die Tute. Datt machen wir noch eben. Da klemmen wir drei von den Fanfaren eben schnell ab!“

Er griff zur Verriegelung der Motorhaube.

„Wer macht denn hier so ’ne Randale?“ hörten sie plötzlich jemanden sagen.

Alle hatten sich nur um das Auto gekümmert und sonst nichts bemerkt.

Sie drehten sich um. Vor ihnen stand ein Junge und grinste.

„Äh“, meinte Hermann Löffel leicht verlegen.

Immer, wenn Joni oder Conni etwas angestellt hatten, benahm sich der Vater so, als ob er sich dafür entschuldigen müsse.

Joni ärgerte das jedesmal.

Sie stieg jetzt aus dem Auto, stemmte die Arme in die Hüften, musterte den Jungen und sagte kühl:

„Die Hupe von der Karre klemmt! Das ahnt natürlich keiner!“

Mama Löffel fand Joni ein bißchen zu frech. Sie wollte begütigen – aber ihr fiel nichts Gescheites ein. Deshalb sagte sie nur matt:

„Es heißt nicht: ‚die Hupe von der Karre‘, es heißt: ‚die Hupe *der* ... Karre.“

Dabei merkte sie, daß sie auch ‚Karre‘ gesagt hatte, und verhaspelte sich:

„... äh, die Hupe des Autos oder ...“ Sie brach verwirrt ab.

Peinlich. Joni schlug die Augen gen Himmel. Der fremde Junge sagte gar nichts, sondern grinste nur. Joni meinte: „Also, jedenfalls klemmt die blöde Hupe!“

Trotzig sah sie in die Runde und musterte dann den Jungen. Der trug eine Art Monteuranzug, einen fleckigen Overall, und griff jetzt in die Brusttasche, um einen Schraubenschlüssel herauszunehmen.

Er hielt ihn Joni hin:

„Dann mach's doch gleich selber in Ordnung!" sagte er trocken.

Joni schluckte kurz – das war ja ein Typ! So was Unverschämtes!

Conni kam ihr zu Hilfe:

„Okay, gib her", meinte er, griff an ihr vorbei nach dem Schraubenzieher und wandte sich dem Auto zu.

Das fand der fremde Junge offensichtlich gut. Er ging hinter Conni her und rief:

„Warte, vielleicht kann ich dir ja helfen!"

Beide machten sich an den klemmenden Hupring, während vorn unter der aufgeklappten Motorhaube der Alte die Hupenfanfaren löste.

„Man muß nämlich erst mal hier unter dem Lenkrad die verdeckten Schrauben lösen, sonst kommt man da nicht ran", sagte der Junge, „die sieht man nicht gleich!" Und dann setzte er unvermittelt fort: „Ich heiß übrigens Torte!"

„Gut, ich heiß Conni!" sagte Conni. „Und das ist Joni, meine Schwester!" er machte eine Kopfbewegung zu Joni hinüber, weil seine beiden Hände beschäftigt waren.

Joni kam nun auch dazu.

„Wieso ‚Torte'?" fragte sie. „Woher kommt das denn? Ist das dein Spitzname? Weil du so gern Torte magst?"

Der Junge richtete sich auf, wischte seine Hand am Overall ab und reichte sie ihr:

„Ja, gnädiges Fräulein, so ist es! Es handelt sich um einen Spitznamen und ist die abgewandelte Form von ‚Thorsten'. Thorsten terNedden, angenehm! Aber Torte esse ich auch gerne, du nicht?" Das sagte er in übertrieben höflichem Tonfall, machte dazu auch den passenden förmlichen Gesichtsausdruck und einen Diener.

Joni mußte lachen und ergriff die ausgestreckte Hand:

terNedden
SCHROTT

„Auch angenehm! Und ich heiß eigentlich Johanna. Johanna Löffel."

„Hm, hm", machte Torte, lächelte und schlug vor:

„Dann guck hier am besten gleich zu, falls das mit der Hupe mal wieder passiert!"

Von vorn, unter der Haube, brummte der alte Heinrich Müller:

„Den ham'se doch noch gar nich gekauft, den Wagen! Muß'n doch erst noch probefahren, de Fruu!"

Frau Magda Löffel kicherte wegen der ‚Fruu'. Aber sie hatte sich im Grunde schon längst für das Auto entschieden.

Sie flüsterte ihrem Mann zu:

„Ach Männe, ich bin richtig verknallt in die Kiste!"

Er nahm sie am Arm und flüsterte ebenfalls:

„Stimmt ja, ist ja auch ein wunderschönes Ding! Aber laß dir das nicht merken, Magda, sonst geht der Preis gleich rauf!"

Laut sagte er: „Ja, sicher, probefahren wollen wir natürlich erst mal! Und wenn man das so sieht, wie viele Leute da jetzt schon dran rumreparieren ... na ja ..."

Er ließ den Satz unvollendet und zog skeptisch die Augenbrauen hoch.

Aber obwohl er sich viel Mühe gegeben hatte, es ernst klingen zu lassen, tauchte daraufhin der alte Heinrich unter der Haube hervor, lehnte sich an einen Kotflügel und schüttelte bedächtig den Kopf:

„Tztz ... da fängt der Mensch an zu handeln, bei so 'nem Sahnestück! Und wir haben noch gar keinen Preis gesagt!"

Dann beugte er sich wieder über den Motor.

Im Hintergrund klappte eine Tür. Es war die Haustür des Giebelhäuschens.

Begleitet von dem kleinen, kläffenden Köter kam eine mittelgroße, gutaussehende Frau auf sie zu. Sie war etwa Mitte bis Ende dreißig, schlank, und ihre hellblonden Haare trug sie sehr kurz. Als sie näher kam, erkannte man um ihre wachen, hellen Augen viele Lachfältchen und auf der kleinen, geraden Nase ein paar Sommersprossen. Sie war richtig hübsch. Magda und Hermann Löffel waren verblüfft, weil die Frau in diese Umgebung aus alten rostigen Eisenteilen und Fahrzeugen paßte wie eine Lerche mitten in einen Schwarm Krähen.

Torte, der die Haustür ebenfalls gehört hatte, stellte vor: „Das ist die Chefin, meine Mutter!"

„Oh ...!" bemerkte Joni mit leicht spöttischem Unterton. „Dann bist du ja hier der Juniorchef, hm?"

Frau terNedden war inzwischen bei ihnen angekommen, gab reihum die Hand und stellte sich vor.

Sie sprach mit einem leichten, kaum wahrnehmbaren Tonfall, der auf ihre niederländische Herkunft zurückging: Das ‚Sch' zischte ein bißchen weicher als üblich, das ‚H' kratzte etwas, und die Vokale, vor allem ‚o' und ‚a' schienen viel weiter hinten aus der Kehle zu kommen.

„Da haben Sie sich aber etwas Schönes ausgesucht", sagte sie zu Frau Löffel und deutete auf den Opel, „doch, was ist denn kaputt? Seid ihr nicht fertig geworden, Heinrich, Thorsten?"

„Es ist nur die Hupe, und das haben wir gleich!" antwortete Torte.

Heinrich war unterdessen auch schon so weit: Er drückte gerade die Motorhaube zu.

„Nee, nee, keen Problem", versicherte er, „wir ham die wichtigen Teile gemacht – und da iss auch alles klar: Motor, Getriebe, Bremsen, Blech rundum ... und die Hupe geht jetzt auch und wird nich mehr klingen wie 'n wildgewordener Ochse, nich?"

In dem Moment hatten Conni und Torte die letzte Schraube innen wieder festgezogen. Sie nickten.

Torte drehte den Zündschlüssel und tippte ein paarmal vorsichtig auf den Hupring.

‚Tüt ... tüt ... tüüüüt ... tüt!' – machte die Hupe, viel leiser und angenehmer als vorhin.

„Alles klar!" rief Torte.

„Gut, dann machen Sie doch erst mal eine kleine Fahrt um den Block!“ sagte Frau terNedden.

Es war zwar kein Block da, sondern nur Landstraße, Wiesen und Feldwege, aber die Kunden sagten das immer, wenn sie aus der Stadt kamen und mit einem der alten Autos eine Probefahrt machen wollten.

Die Chefin hatte es sich auch angewöhnt, ‚um den Block‘ zu sagen.

„Möchten Sie nicht mitfahren?“ schlug Herr Löffel vor. „Dann könnten Sie uns vielleicht das eine oder andere gleich erklären, und wir können besser fragen und müssen uns nicht alles merken.“

„Na, viel wird's da nicht zu fragen geben – der Wagen ist tipptopp. Aber ich fahre gerne mit“, entgegnete sie, „Thorsten, du bleibst hier und machst inzwischen für die Herrschaften und uns einen Tee? Mögen Sie Tee? Oder lieber Kaffee?“

Löffels waren überrascht von der Einladung, nahmen sie aber gerne an. Nachdem geklärt war, daß sie auch lieber Tee trinken wollten, stiegen die drei Erwachsenen ins Auto.

Ursprünglich wollten Joni und Conni eigentlich mitfahren, aber inzwischen hatte sich das geändert.

„Wir bleiben auch hier“, entschied Joni kurzerhand, „nicht wahr, Conni? Dann ist es im Auto nicht so voll – und Torte kann uns hier sein Reich zeigen, wenn er will.“

„Gut, aber seid bitte vorsichtig!“ rief Magda Löffel durch das offene Fenster, ehe sich der Opel in Bewegung setzte.

Sie fuhren los.

Joni, Conni und Torte sahen sich an.

Ein paar Schritte weiter stand Heinrich Müller.

Er lächelte und meinte:

„Nun haut schon ab, ihr drei! Ich mach inzwischen den Tee!“

„Super, Heinrich, danke!“ rief Torte, wandte sich an die Geschwister und forderte sie auf:

„Kommt mit!“

Joni und Conni folgten ihm und dem kleinen dicken Hund, der schon wieder aufgeregt kläffte.

„Sei nicht albern, hör auf zu kläffen!" befahl Torte.

Der Hund hörte sofort auf.

„Der gehorcht aber prima!" meinte Conni. „Wie heißt er denn?"

„Ich nenn ihn Billie. Das kommt von William. Weil er doch so birnenförmig aussieht, wie eine Williams-Birne: hinten dikker als vorne . . ."

Joni und Conni lachten und Torte fuhr fort:

„Ja, einen Schönheitswettbewerb wird er wohl kaum gewinnen, aber er ist unheimlich gelehrig. Paßt mal auf!"

Er stieß zwischen den Zähnen einen kurzen, hohen Pfiff aus und einen zweiten, längeren hinterher.

Bei dem kurzen Pfiff hatte Billie schon aufmerksam die Ohren gespitzt und Torte erwartungsvoll angeschaut. Der bewegte bei dem zweiten, längeren Pfiff die beiden Zeigefinger so umeinander, daß eine Kugel oder ein Rad angedeutet wurde.

Billie begriff sofort. Er stellte sich auf die Vorderpfoten, lief darauf wie im Handstand und machte dann einen Purzelbaum.

„Genau wie vorhin!" rief Joni.

„Wie vorhin? Kennt ihr das schon?" fragte Torte nach. Er wunderte sich.

„Ja, das hat er vorhin, als wir kamen, auch schon ganz von allein gemacht", erklärte Conni.

Torte grinste. Beinahe entschuldigend sagte er:

„So ist das immer! Billie ist ein wenig geltungssüchtig. Er liebt einfach den Applaus!"

Und dann erzählte er die Geschichte, wie er Billie bekommen hatte:

„Das ist nämlich ein richtiger Zirkushund, müßt ihr wissen! Ein echter. Das ist jetzt vier – nein, schon fast fünf Jahre her, da war hier am Stadtrand ein kleiner Zirkus. Ein paar Ponys, ein Affe, ein trotteliges, altes Kamel, dessen Fell nach Mottenkugeln roch ... viel mehr hatten sie nicht. So ein Familienbetrieb, der sich schwer überhaupt noch über Wasser halten konnte. Sie lebten von Spenden und mageren Unterstützungen vom Staat, denn die Eintrittsgelder hätten kaum zum Essen gereicht. Alle machten irgendwas: Zwei Neffen konnten – sogar sehr gut – Seilakrobatik und Trampolinfliegen, die drei Töchter tanzten und führten Reitkunststückchen vor, der Vater machte irgendwas mit dem Kamel und dem Affen und ein Onkel war Clown. Na ja, und noch mehr in der Richtung. Der Onkel hatte auch die Hunde-Nummer, und dafür hatte er jahrelang den Hund dressiert. Dann kam der Winter, und sie waren froh, daß sie bei uns die Wiese kostenlos als Stellplatz kriegen konnten. Und daß das Kamel in einem der Schuppen ein bißchen warm stehen konnte. Einer ihrer Wagen war kaputtgegangen, und sie hatten wirklich keine Moneten. Das schlimmste aber war, daß der Onkel – der mit der Hunde- und Clownnummer – einen Unfall hatte und nicht mehr auftreten konnte. Und mitten in dem ganzen Schlamassel hatten sie dann auf einmal ein völlig unerwartetes Riesenglück: Sie waren echt fix und fertig, als sie das Angebot bekamen, in einer dieser Supershows der größten Zirkusse Europas mitzumachen – so als Beispiel für den ‚Zirkus von früher' sozusagen. Dafür kriegten sie einen guten Vertrag, für zehn Jahre glaube ich sogar, und waren damit von einem Tag auf den anderen aus dem gröbsten raus und alle ihre Sorgen los. Das war ein richtiger Festtag, als damals die Nachricht kam. Sie haben uns drei hier, meine Mutter, Heinrich und mich, eingeladen, und wir haben die ganze Nacht gefeiert. Toll war das ... Die Sache hatte nur einen kleinen Haken: Der Onkel war zwar nun versorgt und alles, aber auftreten konnte er, wie gesagt, nicht mehr. Und deshalb wollte der große Zirkus die Hunde-Nummer nicht, weil sie niemanden für den Hund hatten – und ich glaube, überhaupt den Hund zwischen ihren eigenen Tieren da nicht haben konnten. Aber das Angebot ablehnen, das konnten sich die kleinen Zirkusleute auch nicht leisten. Und sie hätten es auch, nur des Hundes wegen, mit Sicherheit nicht gemacht. Deshalb haben sie mir Billie überlassen, als sie weggingen. Es ist ihnen zwar bestimmt schwergefallen, der Onkel und die drei Schwestern haben sogar richtig ein bißchen geheult, doch sie wußten wenigstens, daß Billie gut aufgehoben war. Und das ist er ja auch – nicht wahr, Billie?"

Der Hund kläffte vergnügt und wedelte mit seinem birnenförmigen Hinterteil einschließlich Stummelschwanz.

„Das ist ja eine irre Geschichte", sagte Conni, „aber wieso hast du ihn dann erst Billie genannt – wie hieß er denn vorher?"

„Gar nicht. Die hatten ihm keinen Namen gegeben. Er hieß nur immer ‚Hund'. Er hörte auch auf ‚Hund'. Das fand ich nicht gut. Ich finde, ein Hund muß einen Namen haben. Da hab ich ihm einen gegeben. Er hat sich schwer umgewöhnen müssen. Aber dann ging's. Zuvor fand er das hier wahrscheinlich öde, verglichen mit seinem früheren Zirkusleben. Ich hatte es beinahe schon aufgegeben, mit ihm klarzukommen – bis er dann eines Tages von selbst anfing, seine alten Kunststückchen vorzuführen. Da habe ich wie verrückt Beifall geklatscht, und dann haben wir uns immer besser verstanden! Nicht wahr, Billie?"

Wieder wedelte der kleine Mischling und kläffte.

„Guckt mal, auch das kann er!" Torte machte jetzt ein anderes Pfeifgeräusch – zweimal kurz mit gespitzten Lippen – und dazu eine Bewegung mit der flachen Hand nach vorn.

Als wenn er darauf gewartet hätte, raste Billie los, zurück in Richtung Schuppen, wo sie herkamen.

„Was macht er denn jetzt?" fragte Joni und sah Torte bewundernd und neugierig an.

„Wart's ab, gleich ist er wieder da und bringt was mit!" erklärte Torte.

So war es. Als der Hund zurückkam, hatte er etwas im Maul. Joni erkannte es zuerst: ein Schuh!

„Er bringt einen Schuh!" rief sie. Doch als sie Torte dabei anschaute, schien der überhaupt nicht zufrieden zu sein, sondern legte die Stirn in Falten.

Er sagte: „Na ja, es hätten eigentlich Papier und Bleistift sein sollen. Da liegt immer ein Block mit Faden und Stift dran. Den hätte er bringen müssen. Das klappt noch nicht so ganz, wie es scheint."

Billie legte den gebrachten Schuh brav und vorsichtig vor Torte auf den Boden, und der Junge lobte ihn auch und warf ihm einen Kringel Hundekuchen aus seiner Hosentasche zu.

„Das müssen wir eben noch öfter üben, nicht wahr, Billie?"

Wieder kam zustimmendes Wedeln.

„Aber er kann noch viele andere Sachen: Durch einen Reifen springen, ein kleines Stück auf einem Wasserball balancieren, Zickzack-Haken schlagen wie ein Hase und alles mögliche mehr ... So, jetzt sind wir da!" sagte Torte nun und blieb stehen. Sie waren am Ende des Schrottplatzes angekommen, wo einer der höchsten Autowrack-Berge vor sich hinrostete. Etwa zwanzig Meter entfernt befand sich, hinter dichten Büschen versteckt, eine alte Kleinbus-Karosserie. Das Fahrwerk stand nicht mehr auf Reifen, sondern auf dicken Mauersteinen, die unter die Achsen geschoben worden waren.

Die Farbe konnte man kaum noch richtig erkennen, es war blau-grünlich oder grau oder grünblau-grau ... Jedenfalls sehr blaß geworden über die Jahre.

„Das ist meine Gartenlaube. Darf ich bitten!"

Torte fingerte aus einer seiner Hosentaschen einen Autoschlüssel und schloß die seitliche Schiebetür auf.

„Toll!" meinte Joni mit ehrlicher Bewunderung. „Und so versteckt hier hinten zwischen den Büschen. Wie lange hast du das denn schon?"

„Eine Ewigkeit", antwortete Torte, „der Kasten stand hier schon, ehe wir ankamen und den Platz übernahmen."

Sie stiegen die zwei Stufen aus Mauersteinen hinauf und traten ein.

Torte war vorausgegangen und sagte zu den beiden:

„Setzt euch doch! Mögt ihr was trinken?"

Conni und Joni machten große Augen: Da drin war alles komplett eingerichtet. Klapptischchen mit einer Autorückbank als Sofa davor, Liegeplatz für den Hund im Rückfenster, bunte Vorhänge rundherum und kleine Regale und Schränkchen, vollgestopft mit Büchern, Karten, Plänen, Bauanleitungen und ... und ... und ...

Lötkolben, Werkzeugkasten, Halogenstrahler – und viele Dinge, die man auf den ersten Blick nicht so genau erkennen konnte, lagen in den Wandregalen unter und über den Fenstern.

Über dem Tisch hing sogar eine richtige kleine Hängelampe. Torte knipste sie jetzt an.

Die Büsche und die rundherum zugezogenen rotkarierten Vorhänge machten es nämlich ziemlich dämmerig im Innern.

Als es nun heller war, nahmen Joni und Conni viel mehr Einzelheiten wahr. Die Vordersitze des Kleinbusses hatte Torte so umgedreht, daß sie zum Tisch hin standen. Handschuhfach-Klappe und Armaturen waren ausgebaut. Darin befand sich das Geschirr. Obendrauf standen kleine Auto-Stereoboxen. Und zwischen den beiden umgedrehten Vordersitzen – wo ursprünglich der Hebel für die Gangschaltung gewesen war, stand ein kleiner Camping-Kühlschrank, den Torte gerade öffnete.

Vor lauter Überraschung und Gucken hatten sie seine Frage ganz vergessen.

Er wiederholte:

„Na, was mögt ihr trinken? Cola?“

„Klar“, gab Conni zurück, „aber sag mal, das ist ja ein echter Kühlschrank! Und das Licht hier! Und das Stereoradio und alles! Mensch, hast du das alles selber reingebaut, und wo kriegst du denn den Strom her?“

„Ja, so nach und nach mit der Zeit hab ich das alles eingebaut“, antwortete Torte, „es sammelt sich ja allerlei an hier auf so einem Platz. Der Kühlschrank ist aus einem alten Wohnmobil. Total in Ordnung. Er hat sogar ein Eisfach. Da, bitte, eure Cola ist fertig ... mit Eis!"

Stolz schob er die beiden Becher über den Tisch.

„Den Strom hole ich mir aus zwei Autobatterien. Die tausche ich um, wenn sie leer sind, und lade sie vorn in der Werkstatt auf. Alle Geräte laufen über zwölf Volt", erklärte er fachmännisch.

Joni nippte an ihrer Cola. Sie war im Gegensatz zu sonst merkwürdig ruhig und ließ Conni Fragen stellen, ohne zu unterbrechen.

Das kam daher, daß sie Torte, den sie vor einer dreiviertel Stunde noch überhaupt nicht gekannt hatte, von Minute zu Minute immer mehr bewunderte – sich das aber nicht anmerken lassen wollte.

Was der alles konnte und wußte!

Aber eines wollte sie doch genauer wissen, neugierig, wie sie war.

Also gab sie sich einen kleinen Ruck und fragte:

„Sag mal ... was hast du da vorhin erzählt – ‚... als wir hier ankamen und den Platz übernahmen ...' – oder so ähnlich? Wann war das denn? Bist du hier nicht aufgewachsen?"

„Doch, schon", sagte Torte, „aber erst, seit ich mit meiner Familie aus Holland weg bin."

Dann berichtete er.

Und hier ist der Bericht:

Torte, eigentlich Thorsten, ist das einzige Kind der terNeddens. Seine Eltern waren nach Deutschland gezogen und hatten den Schrottplatz vor den Toren der Stadt übernommen, als der Junge erst knapp fünf Jahre alt war. In Holland, wo die Familie herkam, hatte es nämlich für den Vater – einen gelernten Drucker – trotz jahrelanger Suche keine Arbeit mehr gegeben.

Dann hatten sie über einen Bekannten gehört, daß der Schrottplatz zu haben war, und sie hatten sich in das Wagnis hineingestürzt. Das war nicht einfach gewesen.

Die völlig fremde Umgebung, die neue Sprache, die Schulden, die sie hatten machen müssen ...

Immerhin hatte Swantje terNedden, Tortes Mutter, wenigstens ein kleines Sparvermögen von ihren Eltern, Tortes Großeltern also, mit auf den Weg bekommen. Das und die Sicherheit des Schrottplatzes, mit dem die Vorgänger schon jahrelang gute Geschäfte gemacht hatten, war der Bank für die Kreditvergabe ausreichend gewesen – sonst hätte es damals auch nicht geklappt.

Sie hatten dann gerackert wie die Wilden, um die Geschäfte am laufenden zu halten und auszubauen.

Geschäfte gibt es auf einem Schrottplatz sehr vielfältige: Verschiedene Sorten Schrott an- oder zur Weiterverwendung verkaufen, also Autos, Maschinen und Maschinenteile, Boote, alte Schienen und ... und ... und ... Aber daneben auch alles Mögliche ausschlachten und als Alt-Teile wieder anbieten, vor allem aus dem Auto-Bereich.

Zu dem Platz, wie ihn die terNeddens übernommen hatten, gehörte auch ein Abschleppdienst für Unfall-Totalschäden und eine riesengroße Schrottpresse, auf der man sogar kleinere Lastwagen-Wracks zusammenpressen konnte.

Das Feinste aber war die komplett ausgerüstete Werkstatt im großen Schuppen.

Sie war ursprünglich nur zum Reparieren von leichten Unfällen dagewesen, aber der Vorbesitzer hatte sie – zusammen mit dem alten Heinrich – zu einer kompletten kleinen Wiederherstellungs-Anlage für Oldtimer-Personenwagen ausgebaut.

Da gab es alles, was zur Instandsetzung alter und ältester Autos nötig war. Die beiden Schweißgeräte, zwei Hebebühnen, eine Grube, zwei Motor-Flaschenzüge und noch viel mehr.

Vor allem aber, und das dauerte eben seine Zeit, war es gelungen, die alten Original-Werkzeuge der verschiedenen Automarken aus allen Ländern komplett zu bekommen.

Das ist für so eine Spezial-Arbeit sehr gut und wichtig, weil die Maße der Teile, die in den verschiedenen Autotypen früher verwendet wurden, so unterschiedlich sind.

Die Schraubenschlüssel für die englischen Fabrikate zum Beispiel – die alten guten MG-Roadster, Triumph oder Jaguar – müssen andere Größen haben als die für die deutschen – Borgward, Lloyd und Mercedes –, weil deren Schrauben und Muttern auch nach verschiedenen Maßen hergestellt sind. Die englischen werden nach Zoll gemessen, die deutschen in Zentimetern.

Sicher, zur Not kann man sich natürlich fast immer mit einer Zange behelfen, aber ‚das ist Pfusch!', pflegte Heinrich zu sagen, womit er recht hatte. Wenn man das ein paarmal gemacht hat, sind die Köpfe der Schrauben und die Ecken der Muttern rund und lassen sich nicht wieder richtig greifen ...

Heinrich Müller war schon beim Vorbesitzer angestellt gewesen, wie gesagt, und hatte den Schrottplatz und das ganze Drum und Dran mit aufgebaut. Er kannte und konnte dort alles.

Deshalb hatten die terNeddens in ihm auch gerade zu Beginn eine große Hilfe gehabt und waren heilfroh gewesen, daß er nicht kündigen wollte, als sein früherer Chef wegging.

Das meiste an Tips und Kniffen hatte Torte auch von ihm gelernt im Laufe der Zeit. Heinrich Müller war jedenfalls in jeder Weise ein Segen und Gewinn gewesen, auch als das Unglück mit Vater terNedden passierte.

Tortes Vater war nämlich eines Tages nicht wieder nach Hause gekommen, als er auf einem Bergungsschlepper in einen schweren Sturm geraten und mit dem Schiff gekentert war.

Er hatte mit einem Kollegen eine Schrott-Schute aus Holland holen wollen, als das Unglück geschah. Gefunden worden war er nie.

Und da auch sonst niemand von der Mannschaft des Schiffes überlebt hatte, konnte man mit Sicherheit davon ausgehen, daß Tortes Vater nicht mehr lebte.

Das war passiert, als Torte noch nicht acht Jahre alt war, und von da an hatte er mit seiner Mutter und Heinrich zusammen den Laden schmeißen müssen, wie er immer etwas großspurig zu sagen pflegte.

Am Anfang hatte sich das aufs Telefonieren und auf das Annehmen von Aufträgen beschränkt, wenn Swantje terNedden und Heinrich draußen zu tun hatten. Aber nach und nach war er immer mehr in den Betrieb hineingekommen, bis er nahezu alles genauso gut kannte wie die Großen – und manches jetzt vielleicht sogar schon ein bißchen besser.

Torte war jetzt schon fast fünfzehn. Er war nicht ganz so lang wie Joni, aber viel kräftiger gebaut und erstaunlich stark für sein Alter.

Er war so stark, daß er neulich sogar mal eine Ente – einen 2CV-Citroën – ganz allein aus den Federn gehoben hatte, damit Heinrich Böcke darunterstellen konnte.

Da hatte sogar der alte Heinrich gestaunt:

„Bist ja 'nen richtigen lütten Herkules!" hatte er gesagt.

Torte wunderte sich manchmal sogar selbst darüber, daß er von Jahr zu Jahr immer kräftiger wurde. Dabei tat er nichts Besonderes dafür, trieb nicht mehr Sport als andere auch, machte kein Bodybuilding und nichts.

Klar, er spielte gern Fußball, leidenschaftlich gern, und vor zwei Sommern hatte er Surfen gelernt, aber besaß noch kein eigenes Brett. Alles, was mit Ball und Balance zu tun hatte, konnte er hervorragend. Skateboard fand er toll, und das konnte er ebenfalls sehr gut. Er hatte sich natürlich selbst ein besonders schnelles und wendiges gebaut.

Aber Torte war nicht nur kräftig, er sah auch richtig gut aus.

Die Mädchen seiner Klasse wollten ihn immer zur Tanzstunde locken – aber das mochte Torte nicht.

„Für Lämmerhüpfen" sagte er, „ist mir meine Zeit zu schade!"

Am Wochenende ließ er sich allerdings schon mal breitschlagen, mit in die Disko zu gehen. Dann war er immer sehr umschwärmt von seinen Klassenschwestern oder anderen Teenies.

Neben seinen technischen Fähigkeiten war Torte erstaunlich belesen und kannte sehr vieles. Denn er war unheimlich neugierig und ließ sich nichts vormachen.

„Lieber erst mal überprüfen!" war sein Wahlspruch.

Neben Fachwissen aus den verschiedensten Bereichen interessierte er sich vor allem für spannende Abenteuerbücher und für seinen Computer. Nur über Indianer und Physik wußte Conni mehr, obwohl der doch erst dreizehn war.

Den Computer hat Torte sich vor einem Jahr zugelegt mit Hilfe eines Zuschusses seiner Mutter.

Nun saß Torte, wenn er mit seiner Lieblingsbeschäftigung, dem Basteln, aufgehört hatte und keine Schularbeiten mehr machen mußte oder keine Lust dazu hatte, an seinem Gerät und ‚spielte'.

Die übliche Anfangsphase des Ausprobierens sämtlicher Computerspiele hatte er längst hinter sich, inzwischen ‚löste' er lieber kniffligere Probleme. Er konstruierte mit der Maus ideale Häuser am Bildschirm oder die schnittigsten Bootsrümpfe, deren Strömungslinien er dann vom Rechner optimieren ließ... Überhaupt alles, was mit Basteln, Bauen, Konstruieren, Reparieren und Restaurieren zu tun hatte, stand bei Torte ganz obenan.

Aber das war ja kein Wunder bei den Möglichkeiten, die er dazu hatte: In Hülle und Fülle Material, Werkzeug und alle anderen Gelegenheiten.

Eine Kfz-Schlosser-Prüfung würde er wahrscheinlich mit links bestehen, denn er konnte wirklich nahezu alles: Schweißen, Nieten, Fräsen, Hobeln, Bohren, Nageln, Lackieren, Auswuchten... Auch sein großer Traum hatte mit seinen Fähigkeiten zu tun: Er wollte sich eines Tages einmal ein seegängiges Boot fertigmachen und damit auf große Fahrt gehen – Richtung Borneo vielleicht...

Sorgen hatte Torte eigentlich nicht. In der Schule lief es einigermaßen, mit seiner Mutter Swantje und dem alten Heinrich vertrug er sich gut und mochte sie beide – weil sie ihn machen ließen und ihm nur in den seltensten Fällen reinredeten.

Ärgern konnte man ihn kaum, obwohl es seine Klassenkameraden immer wieder versuchten, indem sie beiläufig vom ‚letzten Schrott' redeten und dabei beziehungsreich zu ihm hinüberguckten.

Torte wußte ja, daß Schrotthandel in der Meinung der Leute eigentlich etwas ‚Niedriges' und ‚Gewöhnliches' ist.

Aber er wußte auch, wie sehr ihn die anderen heimlich um sein Paradies beneideten ...

Swantje terNedden, Tortes Mutter, achtunddreißig Jahre alt, lebte erst seit knapp zehn Jahren in Norddeutschland. Vorher, in Holland, war sie lediglich Hausfrau gewesen – solange ihr Mann, Tortes Vater, immer noch Arbeit hatte.

Sie hatte sich nur schwer und ungern an die völlig neue Situation gewöhnen müssen und an der Seite ihres Mannes den Schrottplatz bewirtschaftet. Aber am schlimmsten war es geworden, als Erik terNedden nicht mehr von See zurückgekommen war und verschollen blieb. Danach wollte sie eigentlich aufgeben, weil sie es für unmöglich hielt, das alles ohne seine Mitarbeit zu schaffen.

Doch der alte Heinrich war damals eine große Stütze gewesen und hatte ihr zugeredet und geholfen, ihre Verzweiflung zu überwinden.

Für fast ein Jahr war übergangsweise eine zusätzliche Hilfskraft eingestellt worden, und in dieser Zeit hatte sie viel Energie darauf verwendet, sich alles anzueignen – vom Technischen bis zum Kaufmännischen – was für das vielschichtige Geschäft erforderlich war.

Und sie hatten es geschafft – alle zusammen – den ‚Laden über den Berg' zu bringen ... dank Heinrichs, aber auch dank Thorstens Unterstützung.

Der Junge hatte schon sehr früh lernen müssen, Haushalt, Schule und Schrottplatz unter einen Hut zu bringen. Und manchmal bewunderte Swantje terNedden ihren Sohn dafür, wie gut er das hingekriegt hatte.

Sie war eine hübsche Frau, blond, zierlich und sportlich und sah jünger aus, als sie war. Ihr sommersprossiges, etwas jungenhaftiges Gesicht mit den hohen Backenknochen, der Stupsnase und den Lachfältchen um die Augen machte sie anziehend und interessant, so daß viele Männer bei ersten Begegnungen mit ihr immer ganz platt waren und automatisch anfingen zu gockeln.

Torte pflegte solche Situationen mit leicht gemischten Gefühlen zu betrachten. Einerseits war er sehr stolz auf seine hübsche Mutter, andererseits aber auch eifersüchtig.

Und weil er so stark war, ballte er dann manchmal spielerisch die Fäuste und sagte zu ihr:

„Wenn dir der Knilch lästig wird, Mama, dann sag Bescheid! Dann stauche ich ihn mal zusammen!"

Aber das war natürlich alles nur Spaß – Swantje terNedden wußte allein sehr gut mit ihren Verehrern umzugehen.

In mancher Beziehung war sie ebenso ungewöhnlich wie ihr Sohn. Bei all der harten Arbeit mit dem Schrott hatte sie nämlich nie aufgehört, sich für ganz andere Dinge zu interessieren. Sie las gern und viel und hörte gern gute Musik: Nicht nur Beethoven, Chopin, Mozart und so was – sondern auch moderne Rock- und Jazzmusik wie Paco Lucia, Al di Meola oder Pat Methenycheny.

Auch ins Kino ging sie, wenn Zeit dafür war, oder mal ins Theater ... und das, obwohl sie bei Begriffen wie ‚Schlüsselszene' eigentlich erst an die Werkstatt-Grube und abgebrochene Zündschlüssel denken mußte ...

Heinrich Müller war schon nahe an siebzig, aber noch sehr rüstig und vergnügt. Seit die terNeddens den Schrottplatz übernommen hatten, fühlte er sich dort noch wohler als vorher. Er gehörte inzwischen zur Familie, als wäre er ein Onkel oder der Großvater von Torte. Früher war Heinrich immer mit seinem Motorrad, einer wunderschönen, uralten 250er BMW, aus der Stadt zur Arbeit gekommen.

Jetzt war er aber zu alt dazu, jeden Tag, vor allem im Winter, den weiten Weg zu fahren.

Deshalb wohnte er, seit Swantje terNedden ihm einen kleinen Anbau an der Seite des Hauses hatte ausbauen lassen, mit dort, hatte aber einen eigenen Eingang, eine kleine Kochecke und Klo und Dusche extra für sich.

Trotzdem aß er eigentlich immer bei Mutter und Sohn mit, und Frau terNedden steckte auch seine Klamotten mit in die Waschmaschine.

Das alte BMW-Motorrad war übrigens noch voll intakt und angemeldet, und Heinrich fuhr damit – besonders gern sonntags – spazieren.

Viel gab es sonst von Heinrich nicht zu berichten.

Er teilte natürlich Tortes Bastelleidenschaft, nein umgekehrt, Torte teilte seine, denn er hatte sie ja von dem Alten geerbt und die Begeisterung für alles Technische.

Nur mit dem ‚modernen Computerkram' kam Heinrich nicht mehr klar, obwohl er's versucht hatte. Das machte ja aber auch nichts, dafür konnte Torte es um so besser.

Wenn Heinrich ‚Computer' sagte, dann sprach er das nicht englisch aus, sondern so, als ob es sich um eine Art Truthahn handele: ‚Komm-puter' – womit er seine Ablehnung dieses ‚Teufelszeugs' unterstrich.

Aber auch das war nicht so ganz ernst gemeint...

Torte war gerade ungefähr fertig mit seinem Bericht, als die drei hörten, daß die Großen von ihrer Probefahrt wieder zurückkamen.

„So, jetzt müssen wir wohl Tee trinken", meinte Torte, „dabei wollte ich doch von euch auch ein bißchen mehr wissen, als daß ihr in einem Museum wohnt."

„Na, mal sehen", meinte Conni, „vielleicht dürfen wir ja etwas länger hierbleiben."

Sie liefen gemeinsam über den Platz auf das kleine, hübsche Wohnhaus zu.

Billie hüpfte kläffend voraus.

JOCOTOBI

Sie saßen alle beim Tee. Das Auto war so gut wie gekauft, der Preis war auch nicht zu hoch gewesen, alle waren zufrieden.

Es mußten nur noch zwei Kleinigkeiten gemacht werden, die nicht ganz in Ordnung waren: Das Kofferraum-Schloß sollte ausgewechselt werden, weil es für das alte keinen Schlüssel mehr gab, und das Blinker-Relais hatte einen Wakkelkontakt.

„Wenn sie ein bißchen Zeit mitgebracht haben, können wir das ja gleich heute machen“, sagte Frau terNedden und wandte sich, als Löffels nickten, an Heinrich: „Oder ... Heinrich? Ist da irgendwas, was vorgeht?“

„Nöö“, brummte der Alte, „glaub ich nich. Abern Stündchen kann datt dauern!“

Magda und Hermann Löffel überlegten.

„Ach ja, macht das so“, bat Joni, „dann können wir das schöne Auto auch gleich mitnehmen, und ihr braucht nicht noch mal extra den weiten Weg ...“

„Heuchlerin!“ unterbrach sie ihr Vater lachend, „bloß nicht sagen, daß du selber noch länger hierbleiben willst, wie,

Töchterlein?“

Joni fühlte sich ertappt und kicherte verlegen. Sie kicherte vor allem deshalb verlegen, weil Torte ja um Himmels willen nicht merken sollte, wie gern sie dablieb.

Ihre Mutter hatte natürlich wieder das beste Gespür dafür und schlug vor: „Aber sie hat recht, Hermann, wo wir nun schon hier draußen im Grünen sind, laß uns doch einen kleinen Spaziergang am Fluß entlang machen! Dann können wir anschließend das Sahnestückchen nach Hause fahren, und ich kann mich schon dran freuen!“

So wurde es beschlossen.

Die vier Erwachsenen blieben noch eine Weile am Teetisch sitzen, während Joni, Conni und Torte mit Billie wieder hinausliefen.

Auf dem Weg zu Tortes ‚Laube‘ erzählten Joni und Conni ihrem neuen Freund von sich, von ihrem Zuhause, von Jonis Vogel und von der Schule. Auch, daß sie gerne Rollschuh liefen und was Conni alles aus seinem Computer herausholte.

„Ach, du hast auch einen XY?“ sagte Torte. „Das ist ja Klasse, ich auch! Da können wir ja Programme tauschen!“

Conni war sofort Feuer und Flamme.

„Spitze, das machen wir. Kennst du schon ...“ und jetzt brach eine wahre Flut von speziellen Tricks, Programmen, Kniffen und anderen Spezialitäten über Torte herein, der erstaunt zugeben mußte, daß Conni eine große Menge Ahnung zu haben schien.

Als sie beim Kleinbus eingetroffen waren, unterbrach Joni die Fachsimpelei:

„Floppy hin, Maus her – bei den Maskenfälschern hilft uns das Ding auch nicht weiter!“

„Das haben wir doch noch gar nicht probiert!“ protestierte Conni.

Neugierig fragte Torte: „Was denn für Maskenfälscher? Erklär mal, Joni!“ Sie hockten sich in der Laube auf die Sitze, und Joni erzählte den ganzen Fall ...

„Das ist aber ’n Ding!“ staunte Torte, als der Bericht fertig war. „Das ist ja ein richtiger Krimi-Tango da bei euch! Oiooioi! Mein lieber Schwan!“

Es gab eine kleine Pause.

Jonis Schilderung hatte damit geendet, daß die beiden Löffel-Sprößlinge nicht wußten, wo sie mit der Suche nach den Fälschern – anfangen sollten.

Schließlich gab es einige -zig Kunsthandwerker und Goldschmiede in der Stadt, die wohl alle so gute Fälschungen hätten anfertigen können.

Die drei dachten nach.

„Was war das noch für ein Blech? Das war doch was Besonderes, oder?“ fragte Torte.

„Ja, so eine Kupfer-Messing-Legierung, haben die im Polizeilabor festgestellt“, sagte Joni.

„Das soll heutzutage sehr selten sein!“ fügte Conni hinzu.

Plötzlich haute Torte sich aufs Knie.

„Mensch, Leute! Hört mal zu! Ich hab vorhin bei deiner Erzählung schon so ein komisches Gefühl gehabt, Joni! Ich weiß es nicht mehr sicher, weil ich neulich mit anderen Sachen zu tun hatte und nicht so aufgepaßt habe. Aber da war was ... Kommt mit, wir fragen den alten Heinrich, vielleicht erinnert der sich besser!“

Joni und Conni wußten zwar überhaupt nicht, wovon die Rede war – aber sie machten sich mit Torte und dem Hund Billie auf den Weg.

Unterdessen hatte Heinrich angefangen, an dem Opel zu werkeln.

Als die drei bei ihm auftauchten, ging er gerade mit dem ausgebauten Kofferraumschloß zum Schuppen.

„Na, wollt ihr mir helfen?“ fragte er auf hochdeutsch, damit Joni und Conni ihn auch verstehen konnten.

Er lachte, als sie den Kopf schüttelten.

„Was wollt ihr denn? Alten Mann von der Arbeit abhalten, was?“

„Genau das!“ sagte Torte.

„Wie ...?“ wunderte sich Heinrich Müller und ließ die

Hände mit Schloß und Schraubenzieher sinken.

„Paß mal auf, Heinrich ...“, fing Torte an.

„Ich paß immer auf!“ lachte der Mann.

Torte machte ein ungeduldiges Gesicht, und Heinrich ließ das Spotten, weil er merkte, daß irgendwas Ernstes los war.

„Na, watt denn nu ... schieß los, Dschung!“ sagte er.

„Also, Heinrich, bei den beiden hier ...“ – dabei zeigte Torte auf Joni und Conni – „bei denen ist ein ganz seltsames Ding passiert ...“

Im Stenogramm-Stil berichtete er. Zwischendurch warf er immer mal einen fragenden Blick zu Joni und Conni, wie, um sich bestätigen zu lassen, was er erzählte.

Dann kam er an den entscheidenden Punkt:

„... und die Polizei hat festgestellt, daß diese Fälschungen aus einer Kupfer-Messing-Legierung gemacht worden sind, Heinrich, aus einer Kupfer-Messing-Legierung!“ wiederholte er noch einmal eindringlich.

Der Alte hatte sich auf eine Kiste gehockt, die vor dem Schuppen stand, guckte von einem zum anderen und runzelte dabei die Stirn. Sein Blick blieb an Torte hängen. Er fing bedächtig zu sprechen an, wobei er zwischen den Sätzen kurze Denkpausen einlegte:

„Kupfer-Messing ... soso ... ist ja sehr selten heute, jaja ... wird ja gar nicht mehr hergestellt ... hm. Sieht auch genau aus wie Gold ... das ist richtig ... und da hast du Bengel dich natürlich gleich an die komischen Kunden von neulich erinnert, wie?“

Torte nickte, während Heinrich sein lautes Selbstgespräch fortsetzte:

„Die beiden komischen Kunden von neulich, jawohl ... die wollten ja unbedingt diese Bleche. Nur die eine Sorte ... Da habe ich den halben mittleren Schuppen für umräumen müssen, bis ich die gefunden hatte ... und hat sich gelohnt! Die hätten ja jeden Preis gezahlt, glaube ich! ... Haben nicht eine Sekunde zu handeln versucht ... Tja, merkwürdige Leute gibt's manchmal ...“

Conni und Joni hatten gespannt zugehört und wurden immer aufgeregter. Torte auch. Sie bohrten weiter. Alles wollten sie von Heinrich wissen: Wie die beiden Männer ausgesehen hatten, was sie gesagt hatten, wie sie angezogen waren...

Teilweise konnte nun auch Torte aus seiner Erinnerung etwas beitragen. Allmählich entstand ein ziemlich genaues Bild.

Der eine war ein etwas älterer Mann um die sechzig gewesen, der nicht sehr groß war, einen grauen, lockigen Haarkranz um die Glatze herum trug und ein rundes Bäuchlein vor sich herschob.

„Sonst war er aber eher spiddelig...", beschrieb ihn Heinrich – und das meint: dünn.

Der zweite war wesentlich jünger – schätzungsweise dreißig bis fünfunddreißig – viel kräftiger gebaut und anderthalb Köpfe größer. Auch er hatte schon schütteres Haar, lockig und dunkelblond. Beide waren locker gekleidet, aber nicht abgerissen, wie Heinrich sagte. Das hieß wohl so viel, daß die Kleidung nicht ärmlich oder abgetragen ausgesehen hatte.

Ihre Sprache hatte norddeutsch geklungen, höchstwahrscheinlich waren sie sogar hier aus der Gegend.

Heinrich und Torte versuchten, unter tatkräftiger Mithilfe von Conni und Joni, sich möglichst genau zu erinnern.

Heinrich war unterdessen aufgestanden und ging langsam die Stellen ab, wo er mit den Kunden gestanden und gesprochen hatte. So konnte er sich besser erinnern, was gesagt und getan worden war.

Zum Schluß standen sie alle am Tor.

„Ja... und dann sind sie mit ihren Blechen schnell los und weg!" schloß er gerade – da fiel ihm noch etwas ein: „Los und weg, ja! Und weg sind sie mit so einem blauen, mittelgroßen Kombiwagen!"

Joni fragte: „Und wissen Sie vielleicht, wie der Kombi hieß? Ich meine, welche Marke das war?"

„Wenn mich nicht alles täuscht, war das 'n Volvo. Ziemlich großer Kasten jedenfalls", antwortete Heinrich, „aber beschwören kann ich's nicht mehr."

Er zog die Augenbrauen hoch. Nach einer Kunstpause – vielleicht, um es ein bißchen spannender zu machen – sagte er:

„Ich fand das nämlich alles so komisch mit denen. Wie die sich benommen haben. Wie scharf die auf das Metall waren. Daß sie den Preis überhaupt nicht runterzuhandeln versucht haben – obwohl doch jeder Ödel weiß, daß man auf 'nem Schrott erst mal handelt, nicht wahr? Und sonst sind sie auch noch mit ihrem Auto nicht ganz normal auf'n Hof gefahren, wie sonst jeder, sondern haben es draußen stehenlassen, rechts vom Tor hinter der Hecke. Da habe ich dann extra mal hingeguckt, wo die weggefahren sind. Ja ... jetzt fällt mir's ein ... die hatten so 'n witziges Nummernschild – PI-PI – stand da drauf, also PIPI, nicht wahr? Die Nummer weiß ich allerdings nicht mehr so genau, das war irgendwas mit 800. 856 oder 65 ... Aber auf jeden Fall 800 vorne ..."

„Das ist toll!" rief Joni begeistert. „Da haben wir ja einen fast kompletten Steckbrief!"

Der alte Heinrich hob beschwichtigend die Hände und räumte ein:

„Nu, nu, Mädchen – bißchen vorsichtig, nich'? Das stimmt zwar, daß das ein seltsames Zusammentreffen von Zufällen ist: Daß diese Leute ausgerechnet vor vierzehn Tagen hier waren und genau dieses seltene Zeug haben wollten, was da bei euch verwendet worden ist bei dem Diebstahl dieser Dinger ... äh ... Masken. Aber das heißt natürlich überhaupt nix. Das müssen deshalb noch längst nicht die Ganoven sein, die ihr sucht! Vorsicht! Wie leicht kommt heutzutage einer in den Verdacht, ein Verbrecher zu sein – bloß weil er zur falschen Zeit an der falschen Stelle und ohne Genehmigung in der Nase gebohrt hat!" Heinrich Müller atmete schwer nach der für ihn ungewohnt langen Rede.

Seine drei Zuhörer lachten.

„Da hast du recht, Heinrich", sagte Torte nachdenklich, „aber eine mögliche Spur ist es immerhin."

Der Alte wandte sich jetzt wieder seiner Arbeit zu und murmelte im Weggehen:

„Jaja, eine Spur, eine mögliche Spur. Aber Beweise braucht ihr, mien Jung, Beweise!"

Und damit ließ er sie stehen.

Die drei berieten sich. Was war als nächstes zu tun?

Joni schlug, wie meistens, vor, man müsse auf jeden Fall systematisch vorgehen.

Was immer das genau bedeuten sollte, die beiden Jungen fanden es richtig und gut. Aber dann standen sie genauso da wie vorher. Conni hatte die Idee, Tortes Computer zunächst mit allem zu füttern, was sie bisher an Beobachtungen, Daten und Spuren hatten, und ihn dann kombinieren zu lassen.

Torte fand das toll und wollte gleich los, als ihnen einfiel, daß es so einfach ja doch nicht war: Das Programm ‚Kombinieren' hatten sie ja noch nicht.

„Wir müssen erst mal so ein Programm schreiben!" meinte Torte.

Joni witzelte:

„Ersatzweise würde ich mich auch mit Nick Knatterton oder Sherlock Holmes zufriedengeben, aber von denen läßt sich natürlich wieder keiner blicken. Immer, wenn man die Leute braucht, sind sie nicht da!"

Aber selbst wenn sie ein ‚Programm' für Tortes Computer gehabt hätten, wäre es schwierig gewesen, damit zu arbeiten, denn das Gerät stand in Tortes Zimmer im Haus und nicht in seiner ‚Laube'.

Deshalb hätten sie nicht unbemerkt von den Erwachsenen daran arbeiten können. Jedenfalls bestand die Gefahr, daß die Großen es mitgekriegt und sich dafür interessiert haben würden. Und das sollte jetzt erst noch unbedingt vermieden werden.

„Denn wenn sie nichts wissen, können sie auch nichts verbieten", sagte Joni verschwörerisch.

„Richtig!" stimmten die beiden anderen zu.

Unwillkürlich hatten alle drei etwas leiser gesprochen, obwohl niemand in der Nähe war.

Sie begannen zu ahnen, daß die Sache anfing, ernster zu werden – und vielleicht sogar brenzliger ...

„Aber die Datensammlung, die könnten wir trotzdem schon mal anlegen“, schlug Conni vor, „wir sammeln alles, was wir bisher haben, und schreiben es auf. Wenn es dann zusammengetragen dasteht, fällt uns bestimmt was auf, oder?“

Joni und Torte nickten.

Sie liefen auf Tortes kleinen Bus zu. Billie hinterher. In der Laube angekommen, machten sie sich an die Arbeit. Torte holte Papier und Filzstifte aus einer der Schubladen unter dem ehemaligen Fahrersitz, und es konnte losgehen.

Draußen war es mittlerweile ziemlich schwül geworden.

„Ich laß ein bißchen Luft rein“, sagte Torte, griff über die Lehne und drehte die Scheibe herunter. „Hinten kann man die Scheibe unten aufklappen, das ist ein Patent von mir!“ sagte er stolz.

Conni war schon dort und öffnete das Fenster.

Ein milder Luftzug durchwehte den kleinen Bus. Sie hatten sich wieder hingesetzt, jeder mit einem Stift. Auf der Mitte des Tischchens lag der leere weiße Bogen Papier.

Die drei brüteten angestrengt vor sich hin. Auf einmal sagte Joni:

„Das ist beinahe wie beim ‚Großen Ratschlag‘, nicht wahr, Conni?“

„Ja ...“ erwiderte Conni und machte erstaunte Augen, weil sie ja eigentlich ausgemacht hatten, niemandem vom Großen Ratschlag zu erzählen.

Joni wußte auch nicht genau, ob sie nun bedauern sollte, ihr Geheimnis angedeutet zu haben. Aber es konnte ja sein, daß Torte nichts mitgekriegt hatte und nicht nachfragen würde.

Aber da hatte sie sich geirrt. Denn Torte spürte natürlich, daß irgendwas im Raume stand.

Deshalb fragte er: „Was ist das, der ‚Große Ratschlag‘?“

Joni wechselte schnell ein paar Blicke mit Conni, und als

der offensichtlich nichts einzuwenden hatte, gab sie sich einen Ruck:

„Also, Torte, die Teilnahme am ‚Großen Ratschlag' ist eigentlich nur den Oberen und Ältesten einer Familie oder eines Stammes erlaubt", fing sie ganz feierlich an, „es gibt allerdings Ausnahmen . . ."

„Warte mal 'nen Augenblick", unterbrach Torte, „es ist draußen auf einmal so dunkel geworden. Ich mach mal schnell Licht . . .!" – doch das brauchte er nicht mehr, mit einem Mal wurde es schlagartig taghell im Bus. Die Helligkeit dauerte nur zwei–drei Sekunden, schien aber länger anzuhalten.

Torte war in der Bewegung versteinert.

Joni rief: „Ein Mords-Blitz!" dann knallte es, als wenn jemand nebenan ein paar Tonnen Dynamit in die Luft gejagt hätte.

Der Himmel war inzwischen nachtschwarz, und die heiße Luft stand regungslos.

Als der Donner langsam verhallte, stellte Conni fest: „Es muß direkt über uns sein, das Gewitter! Der Abstand zwischen Blitz und Donner war so gering!"

„Woher weißt du so was denn?" wollte Torte wissen.

„Das ist 'ne Binsenweisheit", erklärte Joni und fuhr fort:

„Der zeitliche Abstand zwischen Blitz und Donner gibt genaue Auskunft über die Entfernung eines Gewitters. Man muß nur die Zahl der Sekunden, die vom Blitzen bis zum Donnern vergehen, zählen, dann weiß man, wie nahe oder fern das Gewitter ist.

Ungefähr drei Sekunden Zeit bedeuten etwa einen Kilometer. Das ist so, weil Licht- und Schallgeschwindigkeit unterschiedlich schnell sind."

Torte hatte sich wieder hingesetzt, ohne das Licht anzumachen.

„Donnerwetter!" sagte er bewundernd – und sie mußten alle drei lachen, weil es gerade in diesem Augenblick ein lustiger Ausruf war.

Aber ein bißchen unheimlich war Torte doch zumute.

Erst dieses komische, feierliche Gerede und dann ... – schon wieder blitzte es, genauso hell und lange wie beim erstenmal. Der ohrenbetäubende Knall schien diesmal noch schneller zu folgen. Es war eher ein Geräusch, als wenn jemand den Himmel zerrisse.

„Manitou zürnt!" sagte Conni mit leiser Stimme.

Torte hatte genug:

„Jetzt erklärt mir aber endlich mal einer von euch bitte, was ihr da die ganze Zeit komisches labert!" forderte er.

Er sagte noch irgendwas, aber das konnten die beiden anderen nicht hören, weil es in einem jähen Sturzbach von Regen unterging, der ohne jede Vorwarnung niederprasselte. Wie aus Eimern schüttete es und klatschte auf das Dach der Laube.

„Fenster zu!" rief Torte.

Dabei kurbelte er schon an der Fahrertür.

Gerade als Joni die Haken der hinteren Klappe gelöst hatte, sprang ihr der kleine Hund pudelnaß von draußen entgegen.

Sie quietschte: „Iiih!"

Dann war Billie drin und stand auf der hinteren Ablage, wo sein Platz war.

Wie Hunde das so machen, schüttelte er sich kräftig, um das Wasser aus dem Fell zu kriegen.

Dafür hatte Joni die Nässe nun im Gesicht.

„Uuuuh!" machte sie und fuhr sich mit dem Ärmel über Stirn und Wange.

Conni lachte, das Fenster klappte zu, der Regen war ausgesperrt.

Torte nahm einen neuen Anlauf:

„So, nun aber los, was ist das für ein komischer Zauber, den ihr da habt, hm, hn?"

„Du mußt dir das vorstellen wie eine Ratsversammlung", fing Joni an, „es ist die gemeinsame Beratung eines wichtigen Problems, einer wichtigen Entscheidung bei den Indianern."

Sie erklärte ihm das ganze Ritual und schilderte, wie das die Indianer machten: Daß sie Asche aus Schlangenhaut und Wolfsknochen auf Stirn und Wangen strichen, damit die wirkliche Ruhe, der ‚Friede der Gedanken' über sie kommen konnte. Sie deutete auch die Reihum-Gesänge an, wobei jeder eine Strophe mit seinen größten Heldentaten vortragen mußte.

„Das machen wir natürlich nicht so, Torte", sagte sie, „schon, weil wir ja keine Asche aus Schlangenhaut und Wolfsknochen haben – und weil wir auch nicht wüßten, welche Heldentaten wir im Reihum-Gesang vorsingen sollten."

Torte lachte.

„Das Wichtigste ist", fuhr Conni fort, „daß jeder, der am Großen Ratschlag teilnimmt, sich ganz und gar an dem beteiligt, was besprochen wird. Mit allem Einsatz, mit all seinen Informationen, mit allem Wissen, das er hat! Und es muß unbedingt ernsthaft und ehrlich dabei zugehen! Da wird nichts entschieden, ohne vorher von allen Seiten geprüft worden zu sein. Nein, lieber verschiebt man eine Entscheidung, um weitere Informationen und weiteres Wissen zu bekommen. So ein Großer Ratschlag kann unter Umständen tagelang dauern. Es kann dauern, bis zum Beispiel ein Bote zurückkommt, den man losgeschickt hat, um irgendwo bei einem fernen Stamm einen Fachmann zur Sache zu befragen. Oder ... oder bis der Mond günstig steht für einen Zauber. Oder bis Manitou, der große Gott, einen Wink gibt. Oder einfach, bis einem der Ratsmitglieder etwas vernünftiges Neues eingefallen ist. Das ist gut, nicht, Torte?"

Conni hatte sich, wie auch vorher schon Joni, in eine richtige Begeisterung hineingeredet.

„Hört sich wirklich nicht schlecht an!" sagte Torte nikkend.

„Nicht schlecht?" fragte Joni. „Das ist einsamer Weltgipfel, Torte! Es gibt natürlich eine ganz, ganz notwendige Bedingung für die Mitglieder des Großen Ratschlags! Damit das alles so funktioniert, müssen sie sich gegenseitig voll vertrauen können und voneinander wissen, daß die anderen auch nicht über die Sachen quatschen, die den Rest der Welt nichts angehen!“

Joni machte jetzt eine bedeutungsvolle Pause und sah Torte noch bedeutungsvoller an.

„Soso ...“, sagte er nur, „... dann habt ihr ja schon gegen eure eigenen Regeln verstoßen, indem ihr mich in die Fälschersache eingeweiht habt, oder?“

Conni zögerte, dann sagte er:

„Nicht ganz. Wir hatten das ja nicht ausdrücklich zur Großen Ratschlags-Sache erklärt. Aber was wir auf dem Ratschlag selber besprochen haben das ist natürlich streng geheim!“ – Und dabei tat er so, als hätten sie da sonstwas Tolles erfunden.

„Aber es gibt natürlich noch eine andere Möglichkeit ...“, setzte Joni erneut an.

„Wofür?“ fragte Conni.

„Dafür, daß wir alle unsere Geheimnisse teilen und Torte einbeziehen!“ erwiderte Joni. „Da müßte Torte eben auch zum Großen Ratschlag dazugehören.“

Eine kleine Pause entstand.

Ein leichter Donner fing an zu grummeln und ebbte wieder ab. Der Regen hatte eine Pause eingelegt.

„Hm“, räusperte sich Torte, „wie viele sind denn da jetzt schon drin, und wer ist das? Müßt ihr die erst alle fragen?“

Darauf mußten Joni und Conni spontan schmunzeln. Torte verstand nicht und fragte weiter: „... oder muß man vielleicht eine Aufnahmeprüfung machen?“

Wieder grinsten die beiden. Dann bekannte Conni endlich: „Also weißt du, Torte, das ist eigentlich alles viel einfacher. Bisher sind es nämlich nur wir beide, der Große Ratschlag! Und es ist auch mehr so ’ne Art Spiel. Aber ein bißchen feierlich muß es natürlich zugehen, wenn du auch Mitglied im Großen Ratschlag werden willst. Dann müssen wir uns ja richtig verschwören!“

Torte verkniff sich ein Lächeln und spielte mit:

„Dann paßt mal auf: Ich hab da was ganz Wunderschönes für solche Gelegenheiten!"

Er griff unter den umgedrehten Beifahrersitz, auf dem Conni saß, und zog eine große flache Schachtel heraus. Er hob den Deckel ab. Die verschiedensten Gegenstände kamen zum Vorschein:

Ein Tintenfaß mit Tinte drin, schön geformt, mit einer Einkerbung für die Ablage des Federhalters, auf dessen Etikett ein Pelikan abgebildet war und die Jahreszahl 1897. Daneben war ein kleiner Glaskasten zu sehen mit einem riesengroßen Nachtfalter, der seine wunderschönen blauen Unterflügel unter den großen feingemusterten braun-grauen Deckflügeln hervorschob.

„Ein Totenkopf-Spanner", sagte Torte, während er das Kästchen vorsichtig heranschob und beiseite legte, „sehr selten!"

Er kramte noch einen Tauchsieder heraus, einen großen, bronzenen Briefbeschwerer in Form einer Fliege, ein echtes Bergsteiger-Taschenmesser, ein Schweizer Fabrikat, und noch ein paar Kleinigkeiten, dann hatte er gefunden, wonach er suchte.

„Da ist sie!" rief er und hielt eine wunderschön bemalte, etwa dreißig Zentimeter lange, geschnitzte Meerschaum-Pfeife in der Hand.

„Das ist zwar keine echte Friedenspfeife", sagte er, „aber ganz schön magisch, finde ich, sieht sie aus, oder? Damit können wir doch unsere Verschwörung besiegeln!"

Joni kicherte schon wieder, aber Conni nickte begeistert.

„O ja, genau! Und dann können wir den Rauch in alle vier Himmelsrichtungen blasen, damit uns die guten Geister auf allen Wegen beistehen."

„Geht das so?" fragte Torte.

Conni nickte wieder.

„Na gut, dann machen wir das also auch so!" meinte Torte, nahm aus dem Kasten einen kleinen Plastikbeutel und öffnete ihn. „Das ist zwar nur Zigarettentabak, aber der tut's vielleicht auch zur Not, oder?“

Zustimmendes Gemurmel.

Torte stopfte die Pfeife, nachdem er sie vorher gründlich ausgeklopft hatte.

Gerade wollte er sie anzünden, da setzte der Regen wieder ein und trommelte aufs Dach. Diesmal aber nicht so wie aus Eimern, sondern allmählich und mit einzelnen, schweren Tropfen.

Es hörte sich fast wie eine Trommel-Begleitung zur Zeremonie an.

Joni sagte: „Warte mal!“ – und hob die Hand ein wenig.

Ein kurzes Zögern, dann fuhr er fort:

„Wir müssen irgendwas sein ... was Besonderes ... irgendein Stamm oder ein Volk oder mindestens eine Gruppe. Damit wir auch wissen, was wir da be-rauchen. Wir können doch nicht einfach drauflosqualmen!“

Torte machte ein unzufriedenes Gesicht:

„Hm, ich dachte, das wäre klar. Den Großen Ratschlag berauchen wir ... oder?“

„Nein, das geht nicht“, sagte Joni, „den Großen Ratschlag haben doch alle Indianerstämme gehabt, nicht Conni? Die Sioux ebenso wie die Craw, die Seminole und wie sie alle hießen ...“

„Richtig, so war das!“ bestätigte Conni.

„Na und?“ fragte Torte. „Dann sind wir eben zum Spaß irgendwelche von denen, vielleicht Semi ... äh ... Dingens, eben ...“

„Von wegen Dingens! Seminole heißen die“, klärte Conni den neuen Freund überlegen auf, „das sind immerhin die, die niemals eine Kapitulationserklärung vor den Weißen unterschrieben haben. Genaugenommen befinden sie sich noch heute auf dem Kriegspfad im Südosten der USA! Das Volk der Seminole lebt zurückgezogen in den Sümpfen Floridas, in den Everglades!“

„Jetzt mal ein bißchen Konzentration, bitte, Herrschaften!“ schaltete sich Joni ein. „Wir können doch nicht einfach so tun, als ob wir tatsächlich Indianer wären. Das ist doch albern. Wir müssen schon was Eigenes sein. Schließlich leben wir hier und heute in Europa und zweihundert Jahre später!“

Es gab eine Pause.

„Ich hab's“, rief Conni, „wir gründen eine Bande. Keinen Stamm oder so, da müßten wir ja auch ein paar mehr sein. Eine Bande!“

„Nicht übel – eine Bande ...“ Torte ließ sich das Wort richtig auf der Zunge zergehen.

Auch Joni ließ Zustimmung erkennen.

„Aber die Bande braucht natürlich auch einen Namen“, sagte sie, „einen Namen, an dem man erkennen kann, welche Bande das ist. Banden gibt's schließlich auch eine ganze Menge!“

Sie berieten. Allerlei Unsinniges wurde vorgeschlagen. Es ging hoch her. Sie lachten und alberten herum – bis Torte eine gute Idee hatte:

„Nein, die ‚Schrecklichen Drei‘ ist doof, finde ich. Außerdem erkennt man nicht, daß es eine Bande ist. Aber wie wäre es denn, wenn wir einfach unsere Vornamen zusammentun? Die Torte-Conni-Joni-Bande – zum Beispiel!“

„Na ja, aber ...“ Joni wiegte den Kopf, „... da kann man uns ja schon wieder allzu leicht erkennen, oder? Ein bißchen geheimnisvoller dürfte es schon sein, denke ich. Und klingen tut's auch nicht so doll. So lang und so umständlich ... da bricht man sich ja die Zunge!“

„Aber klar – dann kürzen wir sie einfach ab, die Namen!“ fiel Conni ein. „Die Co-Jo-To-Bande! Das klingt doch super!“

„Ja, grundsätzlich in Ordnung“, meinte Torte, „guter Klang, leicht exotisch und ziemlich absonderlich ... bloß, es hört sich verdammt nach ‚Kojote‘ an, meint ihr nicht auch?“

„Das stimmt“, gab Conni zu, „und Kojoten sind ja so feige Präriehunde und Aasfresser, so 'ne Art Hyänen. Das paßt schlecht zu uns, zu so einer schrecklich mutigen Verschwörerbande!“

Joni und Torte lachten.

„Und wie wär’s? Mit To vorneweg? To-Jo-Co-Bande?“

Da schüttelte Joni aber ganz energisch den Kopf, so daß ihre dicken braunen Haarsträhnen flogen:

„Nein! Da muß ich doch sofort an japanische Autos denken! Nein, nein ...“

Torte hatte auf dem Zettel vor sich inzwischen die Silben geschrieben und drehte sie jetzt noch mal um:

„Das ist es!“ rief er. „Jo-Co-To-Bande! Da fällt euch weder ein japanisches Auto noch ein Aasfresser mehr ein, oder?“

Die beiden anderen überlegten und fingen langsam an zu nicken.

„Ja“, sagte Conni, „das geht!“

Joni war noch nicht ganz zufrieden.

„Es geht, richtig, doch es geht auch nur. Hört sich zwar nicht mehr nach Automarke an, aber immer noch nicht sehr gut, finde ich. Da muß noch was dazu!“

„Ganz einfach, der Hund“, rief Conni. „Jo-Co-To-Bi!“

Alle waren sofort überzeugt. Das war der richtige Name.

„Spitze!“ rief Joni. „Und außerdem paßt Bi auch noch auf Bibs, die Taube!“

„Bibs, die Taube? Wer ist denn das?“ wollte Torte jetzt wissen.

„Das erzähl ich dir gleich – erstmal laß uns unsere Gründung feiern!“ quietschte Joni vergnügt.

So machten sie es. Die Pfeife wurde angezündet und feierlich im Kreis herumgegeben, wobei jeder in alle Himmelsrichtungen paffen mußte, damit der Zauber auch wirken konnte. Sie mußten natürlich dauernd kichern – gerade, weil sie sich vorgenommen hatten, so ernst zu sein. Das führte, mit dem Rauch zusammen, zu einzelnen Hustenanfällen, worüber sie dann noch mehr lachten ...

Aber jeder hatte einmal und zusammenhängend den Satz herausgebracht:

„Ich schwöre ewige Verschworenheit mit ...“ – und dann

folgten die Namen der beiden anderen Verschwörer.

Zum Schluß, beim Weiterreichen der Pfeife, wurde das ganze bekräftigt, indem mit Ernst und Würde der Abschluß des Schwurs betont wurde:

„Jocotobi – Hugh, ich habe gesprochen!"

Der Regen hatte inzwischen aufgehört. Das Gewitter war weggezogen und grummelte nur noch in der Ferne. Die Wolkendecke wurde erst heller, dann lockerte sie sich soweit auf, daß an einzelnen Stellen die Sonne durchbrach.

Es war nicht mehr so drückend und schwül. Ein leichtes Windchen brachte angenehme Frische in die Laube, deren Fenster die drei Freunde wieder geöffnet hatten.

Deshalb roch es jetzt auch nicht mehr so brenzlig nach dem Pfeifen-Zigaretten-Tabaksqualm.

Joni hatte inzwischen ausführlich über ihre Brieftaube Bibs berichtet. Torte war fasziniert, als er hörte, wie sie die gefunden, geheilt und aufgezogen hatten – und vor allem davon, wie zuverlässig die Taube Bibs jedesmal in ihren Heimatkasten auf dem Balkon zurückfand, egal, wie weit man sie fliegen ließ.

„Schade ..." sagte Torte, „zu schade, daß ich nicht auch so eine Taube habe. Dann könnten wir uns wechselseitig Nachrichten zuschicken, ohne daß irgend jemand sonst was davon erfahren würde. Direkt von meiner Laube zu eurem Sekreto und umgekehrt!"

„Dann schaff dir doch eine an!" schlug Joni vor. Sie fand Tortes Idee mit der Nachrichtenübermittlung hervorragend.

Auch Conni war sofort Feuer und Flamme. Sie entschieden, so bald wie möglich die Sache mit der Taube zu verwirklichen.

„Die muß natürlich ganz ähnlich aussehen wie Bibs", sagte Conni, „damit von den Erwachsenen keiner merkt, ob die eine oder die andere Taube da ist. Dann wissen sie noch nicht einmal, wann wir uns was zuschicken und wann nicht!"

„Phantastisch!" rief Torte und versprach, sich gleich in den nächsten Tagen darum zu kümmern, wie man so einen Vogel bekommen könnte.

Überhaupt fiel ihm dauernd noch mehr ein, was sie auf die Beine stellen wollten, um die Jocotobi-Bande ‚fit' zu machen, wie Torte es ausdrückte.

Conni und er verabredeten einen regelmäßigen Disketten-Austausch für ihre Computer, alle vereinbarten ein mindestens einmal wöchentliches Treffen und besprachen auch schon die ersten Zeichen einer eigenen Signalsprache, die nur von ihnen zu entziffern sein würde.

Das erforderte selbstverständlich einen sehr komplizierten Code, und den konnte man nicht mal so eben übers Knie brechen – daran mußte getüftelt werden.

Die Meerschaumpfeife wurde zum Bandenheiligtum erklärt und innen über der Tür von Tortes Laube fest angebracht – „damit sie uns vor bösen Geistern schützt", lachte Conni, „die können dann nämlich nicht mehr hier herein!"

Als sie dabei waren, das Heiligtum zu befestigen, drehten Conni und Torte Joni den Rücken zu.

Sie konnten deshalb nicht sehen, wie das Mädchen, während es den beiden zusah, plötzlich wieder diesen träumerischen Gesichtsausdruck bekam und den Kopf schieflegte.

Ganz starr blickte Joni auf die Pfeife, aber gleichzeitig nirgendwo hin oder weit ... weit dahinter.

Und weil die beiden anderen sich unterhielten und Witze machten, war von Jonis leise geflüsterten Worten auch nichts zu hören, die sie vor sich hin murmelte:

„Pfeife ... Rauch ... wo Rauch ist ... ist auch ... ist auch ein Raucher ..." – Plötzlich zuckte es, und sie war wieder ganz klar.

„Wir haben vergessen, Torte von der wichtigen Spur zu erzählen, Conni!"

„Wie?" fragte Conni.

„Was denn für eine wichtige Spur?" schloß sich Torte an.

„Die Zigarillo-Stummel auf dem Boden, Krummer Hund, weißt du?"

Da fiel es auch Conni wieder ein, und er erklärte Torte, was es damit für eine Bewandtnis hatte.

„Ich werde gleich verrückt!“ sagte Torte leise und setzte sich hin.

Joni sah ihn mit zusammengekniffenen Lippen und schmalen Augen gespannt an.

Conni fragte: „Was ist? Was hast du?“

Torte erzählte – stockend, so als könne er es selbst nicht richtig glauben –, daß einer der beiden Kunden, die neulich diese Bleche gekauft hatten, auch Zigarillos geraucht habe.

„Wahnsinn!“ rief Conni und lief aufgeregt auf und ab.

Joni blieb völlig gelassen. Und als Conni sie jetzt von der Seite anschaute – erstaunt, daß sie nicht ebenfalls aufgeregt war – beschlich ihn wieder mal dieses eigenartige Gefühl, sie könne es schon wieder vorher gewußt haben, was Torte da berichtete.

‚Unheimlich . . .‘, dachte er, aber er sagte nichts. Sie sprachen ja sowieso nie von diesen merkwürdigen Erscheinungen.

Joni fragte ganz kühl:

„Jetzt mußt du genau nachdenken, Torte, an welchen Stellen du den Mann seine Zigarillos hast rauchen sehen!“

„Ich glaube, ich weiß, wo das war“, erwiderte Torte und winkte ihnen, ihm zu folgen.

Der Platz war vom Regen ganz aufgeweicht und an den oft befahrenen Stellen, wo kein Unkraut wuchs, sehr schlammig. Zwischendrin standen große Pfützen. Es würde schwierig werden, da noch irgendwas zu finden.

Außerdem war es ja auch schon über Wochen her, daß die beiden Männer dort gewesen waren. Aber die drei guckten trotzdem an jeder in Frage kommenden Ecke.

Heinrich, der nach dem Gewitter wieder am Auto bastelte, fragte, als er sie so rumlaufen sah, ob sie etwas Bestimmtes suchten.

Doch Torte wimmelte ihn ab:

„Ach nee, Heinrich, nichts Besonderes . . .“

Sie suchten und suchten, den Blick fest auf den Boden gerichtet, fast zehn Minuten, ohne irgend etwas zu finden, daß einer Spur auch nur ähnlich sah.

Entmutigung griff schon um sich – da hatte Joni plötzlich einen Einfall:

„Sag mal, Torte, hat euer Heinrich nicht vorhin auch was von der Abfahrt der beiden Männer erzählt? Die hatten doch ihr Auto draußen vor dem Tor hinter der Hecke abgestellt ... war das nicht so? Meistens schmeißen Raucher doch ihre Kippen weg, bevor sie wieder ins Auto steigen. Hab ich jedenfalls schon oft gesehen."

Sie hatte noch nicht ganz ausgeredet, da waren die drei schon auf dem Weg vor das Tor.

„Genau weiß ich ja nicht, wo sie nun ihre Mühle hatten", meinte Torte im Laufen, „aber immerhin kann es nur links vom Tor sein, wenn sie das Auto hinter die Hecke gestellt hatten." Das waren gut fünfundzwanzig Meter von der Einfahrt entfernt.

Sie fingen gleich am Tor an. Wie gut, daß der Weg seitlich zur Hecke leicht schräg war, so daß sich keine Pfützen hatten bilden können. Es wuchs auch kaum hohes Unkraut dort, nur spärliches Gras und Moos.

Billie war mitgelaufen und piepte vor Jagdfieber, weil er spürte, daß etwas Spannendes geschah.

Das hatte er schon die ganze Zeit gemacht, während sie suchten.

Es ist ja auch ziemlich aufregend für einen Hund, wenn Menschen auf einmal hundeartiges Benehmen an den Tag legen – gebückt umherlaufen, mit den Händen am Boden herumtasten und -wühlen und offensichtlich irgendwas suchen ...

Sie hatten ungefähr fünf Meter hinter sich, da richtete Conni sich schlagartig auf und hielt triumphierend etwas zwischen den Fingern:

„Da! Ich hab's!" schrie er.

Sofort sprang Billie kläffend an ihm hoch.

Torte sah sich mit Joni den Fund an. Es war tatsächlich eine Zigarillokippe.

Conni rief:

„Exakt dieselbe Marke, Joni! Da, schau es dir an!"

Stolz gab er ihr den geknickten Stummel. Sie betrachtete ihn und reichte ihn Torte weiter.

„Haargenau! Marke ‚Krummer Hund', wie auf unserem Boden. Toll! Irre! Super!" juchzte sie.

Das war es.

Das war genau das Mosaiksteinchen, das noch gefehlt hatte.

Jetzt waren sie überzeugt: Die Männer mußten irgendwas mit den Maskenfälschern zu tun haben, denn so viele zusammenpassende Zufälle konnte es gar nicht geben.

Der Zeitpunkt ... die seltenen Bleche ... das auffällige Verhalten der Männer ... und nun auch noch dieselbe seltene Zigarillomarke!

Sie standen einen Moment lang stumm da.

Wieder ergriff sie das seltsame zwiespältige Gefühl, das sich zwischen Spaß und Ernst manchmal einstellt.

Bis dahin war das Räuber-und-Gendarm-Spiel ja sehr spannend und richtig lustig gewesen. Und jetzt? Jetzt rückten ihnen harte Tatsachen auf den Pelz.

Was, wenn das nun wirklich die Fälscher waren, deren Spur sie da in den Händen hielten?

Es ging ja nicht um irgendwelche Tomatendiebe, es ging schließlich knallhart um einen Millionendiebstahl!

Sie sprachen nicht darüber, aber alle drei fühlten in diesem Augenblick dasselbe, als sie sich ansahen.

Doch dann blieb keine Zeit mehr für große Überlegungen. Vom Platz her waren die Stimmen der Erwachsenen zu hören:

„Wo stecken die denn?"

Das war Hermann Löffel. Er rief:

„Joni! Conni! Wir wollen los!"

Offenbar war Heinrich mit dem Auto fertig.

Während Joni, Conni und Torte auf den Platz zurücktrotteten, konnten sie noch schnell vereinbaren, nichts von ihrer neuesten Entdeckung zu verraten, bis man sich am nächsten Tag wieder getroffen und ausführlich beraten hatte.

Die Löffels verabschiedeten sich von Swantje terNedden.

Der alte VW-Käfer blieb da.

Sie winkten, als sie davonfuhren, aus den Fenstern hinaus und sahen noch den ganzen Feldweg entlang die terNeddens und Heinrich zurückwinken.

„Das sind sehr nette Leute, nicht, Hermann?" sagte Magda Löffel, als sie auf der Landstraße waren und ihre Fenster wieder hochgekurbelt hatten.

„Finde ich auch!" bestätigte der Oberlöffel.

Magda Löffel saß mit sichtlichem Vergnügen am Steuer. Der Motor schnurrte sanft, Joni und Conni auf der Rückbank freuten sich über das schöne Auto und über den ganzen Ausflug, vor allem über ihren neugewonnenen Freund.

Abends nach dem Gute-Nacht-Sagen saßen sie dann noch nebeneinander auf der Bettkante in Connis Zimmer und flüsterten, obschon sie eigentlich todmüde waren. Aber sie wollten alles noch einmal wiederholen und sich erinnern: An den abenteuerlichen Schrottplatz, an Billie, den zottigen Hund, an den toll eingerichteten Kleinbus, den netten, alten Heinrich mit seiner merkwürdigen Sprache ... und natürlich immer wieder an Torte, der ‚irre Typ', wie Joni fast ein bißchen schwärmerisch sagte.

Von den neuen Spuren und dem Fall sprachen sie natürlich auch und wurden beide davon wieder so wach, daß sie schließlich, als sie sich in ihre Betten legten, Mühe mit dem Einschlafen hatten.

Ein heißer Tip

Über Nacht war das Wetter umgeschlagen. Es war kühler, aber völlig klar geworden. Ein leichter, frischer Wind blies aus Osten.

Weil Tortes Schlafzimmerfenster nach Osten lag und nachts immer geöffnet war, fröstelte ihn, als er am Morgen aufwachte. Er hörte die Scharen von Vögeln, die sich beim Zwitschern und Trillern gar nicht mehr einzukriegen schienen.

Er stand auf und zog seinen Vorhang beiseite. Die Sonne stand halbhoch am wolkenlos blauen Himmel. Sie strahlte wie blankgeputzt.

„Der haben sie neue Batterien reingetan", murmelte Torte, während er unter die Dusche ging.

Es versprach, einer der ersten echten Sommertage dieses Jahres zu werden.

Beim Frühstück herrschte allerbeste Laune im Hause ter-Nedden. Swantje, Tortes Mutter, trällerte zufrieden vor sich hin. Wenn sie gute Laune hatte, machte sie das immer.

„Willst du ein Ei, Junior?" fragte sie ihren Sohn.

Torte guckte auf die Uhr:

„Das schaff ich, glaub ich, nicht, Mama! Der Bus kommt in sechs Minuten."

„Iß man, mien Dschung!" warf Heinrich ein. „Ich muß sowieso in die Stadt für zum Teile holen! Da fahr ich dich schnell rum an deinem Gymnasium!"

„Prima, au ja!" freute sich Torte. „Ich hol gleich meinen Helm!"

Die Fahrt hinten auf der alten BMW wurde bei solchem Wetter ein Genuß. Aber am besten fand Torte den Showdown beim Vorfahren und Absteigen direkt vor dem Schuleingang, wo alle neidisch gafften, als Heinrich ordentlich den mächtigen Motor blubbern ließ, bevor er wieder rasant davonfuhr.

Die Schule selbst war dann weniger genußreich, gerade weil draußen das Wetter so schön war.

Es ging Torte heute genauso wie es Joni und Conni schon seit gestern ging. Er war ziemlich unkonzentriert und mußte dauernd an den gestrigen Nachmittag, an den Zigarettenstummel und an die Verabredung nach dem Mittagessen denken.

Statt zuzuhören, schaute er auf die Bäume vor den hohen Klassenzimmerfenstern oder malte mit den Fingern im Deckel des Farbkastens, als sie Kunst hatten – obwohl das eigentlich zu den Fächern gehörte, die ‚gingen', wie Torte meinte.

Deutsch, Kunst, Mathe, Sport – und in der sechsten Stunde auch noch Geschichte bei Herrn Leinemann, der Torte ein bißchen auf dem Kieker hatte.

Der Vormittag wollte und wollte nicht vorübergehen.

Und wie das so ist: Gerade wenn man andere Sachen im Kopf hat und kaum am Unterricht teilnimmt, dauert er besonders lange.

Immer wenn Torte mal vorsichtig auf die Uhr sah, waren wieder nur drei oder fünf Minuten verstrichen ... eine Ewigkeit!

Doch dann klingelte es endlich zum Schluß der letzten

Stunde – Erlösung! Und Torte rannte so schnell wie möglich zur Bushaltestelle, um nach Hause zu fahren.

Sie hatten sich gleich nach dem Mittagessen am Bahnhof verabredet, und zwar an einer Station, die ungefähr auf halbem Wege lag zwischen der Innenstadt, wo das Museum stand, und dem Stadtteil, wo Tortes Schrottplatz war.

Das war für alle etwa gleich weit und sie verloren nicht viel Zeit.

Sie hatten abgemacht, ihre Fahrräder mitzubringen, um beweglicher zu sein.

Es klappte alles gut. Torte stand schon am Ende des Bahnsteigs, als Joni und Conni ausstiegen.

Es konnte losgehen – aber wie? Und wohin?

Torte hatte sich offenbar schon etwas überlegt, denn er kam den beiden schnell entgegen und zerrte Joni am Ärmel wieder zum Zug zurück, der nur eine Minute Aufenthalt hatte:

„Kommt schnell, wir müssen in meine Richtung weiterfahren, fix, fix!" rief er und schob sein Rad in die Bahn. Joni war zwar verdutzt, folgte ihm dann aber ebenso wie Conni, der sein Fahrrad gerade noch hineinbugsieren konnte, bevor der Abfahrtspfiff kam und die Türen zuknallten.

„Wieso? Und warum bist du dann überhaupt bis hierher in die Stadt reingefahren?" wollte Joni wissen, während der Zug anfuhr und beschleunigte.

„Weil ich genauso blöd bin wie ihr", sagte Torte leicht außer Atem, „erinnert euch doch mal an das Kennzeichen, das Heinrich gestern beschrieben hat. Das war doch eindeutig PI – also nicht Stadtgebiet, sondern der erste Landkreis nach der Stadtgrenze. Und das ist zwei Stationen weiter draußen als der Schrottplatz."

„Ja, da hast du recht!" mußte Joni zugeben. „Also erst dorthin, gut! Aber der Landkreis ist ziemlich groß, Torte, da gibt es mehrere Kaffs, die in Frage kommen! Eine Menge Dörfer und mindestens vier kleinere Städte!"

„Das stimmt. Da haben wir eine Menge zu tun, wenn wir

das alles abgrasen wollen“, meinte Conni.

Torte nickte und griff in die Plastiktasche, die am Lenker seines Fahrrades hing.

„Dafür habe ich schon das Branchen-Telefonbuch mitgebracht“, sagte er und nahm es heraus, „wir müssen eben alle Adressen raussuchen, die möglicherweise mit so einer Fälscherei zu tun haben könnten.“

„Oha! Und das in vier Kleinstädten und einem Dutzend Dörfern ... Prost Mahlzeit!“ seufzte Joni.

Sie hatte aber auch keine bessere Idee.

Also setzten sie sich – die Räder hatten sie in einer Ecke des Waggons zusammengeschoben – auf eine freie Bank und suchten im Branchenbuch nach Adressen, bei denen sie sich umsehen wollten.

Das waren vor allem Goldschmiede-Werkstätten und überhaupt metallverarbeitende Betriebe, die irgendwas mit Kunsthandwerk zu tun haben konnten.

Sie mußten neun Stationen fahren bis zur Endstation, wohin sie wollten. Als sie dort ausstiegen, hatten sie fast dreißig Adressen zusammen. Und das waren nur die aus den Kleinstädten, noch nicht mal die Dörfer waren dabei.

„Uff! Das kann Tage dauern!“ stöhnte Conni.

„Nicht jammern, sondern hammern!“ entgegnete Torte darauf.

Sie zogen los. In der Bahnhofstraße, der Hauptstraße der kleinen Stadt, die an der Endstation der Bahn lag, gab es allein schon zwei Juweliere und Goldschmiede. Und dann war noch ein Geschenkartikelgeschäft, in dem auch Silberschmuck, Uhren und Bestecke verkauft wurden.

Damit wollten sie anfangen.

Rauszukriegen war, ob der Laden eine eigene Werkstatt hatte, oder ob Leute dort arbeiteten, die die Maskenfälschungen hätten herstellen können, weil sie mit Metallen umzugehen wußten.

Es kamen vor allem Goldschmiede in Frage.

‚Jocotobi‘ hatten sich auch schon in der Bahn ein paar

Tricks ausgedacht, um unauffällig nachzuforschen.

Joni hatte von zu Hause eine alte Silberbrosche mitgebracht, die eine Beule hatte, und ein silbernes Kettchen, dessen Schloß kaputt war.

Sie wollten einzeln hineingehen in die Geschäfte und fragen.

Nervös waren sie alle drei, als sie ihre Fahrräder an einer Hauswand anlehnten. Wer sollte zuerst gehen? Und wie sollte gefragt werden, um möglichst viel zu erfahren?

Sie berieten sich in einiger Entfernung von den Schaufenstern des Ladens, um nicht gesehen zu werden. Dann entschieden sie sich fürs Auslosen. Torte hatte Streichhölzer dabei.

Eins wurde abgebrochen, und Torte hielt die drei Köpfe in die Runde.

Joni zog als erste – und da war es schon entschieden: Sie zog das kurze Streichholz und war also dran.

Während sich die beiden anderen auf die gegenüberliegende Straßenseite verkrümelten, betrat Joni das Geschenkartikelgeschäft.

Die Ladentür bimmelte. Niemand war da. Es roch nach Räucherstäbchen und Staub.

Joni wartete.

Als sich nichts rührte, hustete sie mehrmals laut. Dann näherten sich Schritte und eine weibliche Stimme rief:

„Ich komme schon!"

Dann trat eine Riesin hinter den Ladentisch und fragte laut:

„Sie wünschen, bitte?"

Die Frau war beeindruckend: Bestimmt an die zwei Meter lang, mit einem großflächigen Gesicht unter glatt zurückgekämmten Haaren.

‚Gebaut wie ein Ringkämpfer', dachte Joni und bewunderte ihre breiten Schultern.

Dann zeigte sie ihre Brosche:

„Können Sie die wohl wieder in Ordnung bringen? Ich

weiß, sie ist nicht wertvoll, aber ..."

Weiter kam sie nicht, denn die Riesin dröhnte:

„Wieso? Was? In Ordnung bringen? Haben Sie die hier gekauft?"

„Nein, aber sie verkaufen doch auch Schmuck, und da dachte ich ..."

„Klar verkaufen wir Schmuck, Fräulein, aber den kriegen wir geliefert, fix und fertig von der Zentrale. Und die importieren den auch nur, meistens aus Indien oder Formosa oder irgendwoher ... da bastelt bei uns hier keiner mehr dran rum, verstehen Sie?"

„Ach so, dann haben Sie hier wohl keine eigene Werkstatt oder so was?" Joni tat enttäuscht. Die große Frau lachte.

„Nee, nee, hier gibt's nur Verkäuferinnen, eine davon bin ich, und noch eine ..."

„Gut, dann probier ich's woanders, vielen Dank!" Joni wandte sich zum Gehen.

Die Tür bimmelte und Joni stand auf der Straße.

Zweihundert Schritte weiter fanden sie den nächsten Laden.

„Das ist ein echt feudaler Schickimicki-Shop!" fand Torte, denn Protz und Prunk beherrschten fast das ganze Straßenbild. Lauter Marmorsockel und -platten trugen fünf Schaufenster mit goldglänzenden Messingumrahmungen ... alles vom Teuersten.

Sie losten wieder. Joni hielt diesmal die Streichhölzer. Torte verlor.

„Auwei!" ächzte er, ging aber dann in das vornehme Geschäft. Joni und Conni, die beiden Teelöffel, warteten nebenan vor einem Schaufenster, in dem Wäsche ausgestellt war. Sie amüsierten sich über die Reklamesprüche:

‚Die Dame mit Gefühl trägt Seide ...' und ähnliches stand da auf den kunstvoll geschriebenen Schildern zwischen Nachthemden, Unterwäsche und ähnlichem Krimskrams.

Es dauerte nur knapp fünf Minuten, da kam Torte aus dem Feine-Leute-Juwelierladen.

„Fehlmeldung!“ sagte er. „Die vornehme Tante da drin hat erst unsere Brosche und dann mich angeguckt, als wollte ich ihr ’nen toten Frosch auf den Tresen legen, so angewidert, versteht ihr? Und dann hat sie gesagt, daß die Meisterin in der Werkstatt völlig überlastet wäre. Vor Weihnachten könnte sie keine Reparatur annehmen.“

„Eine Meisterin ... das können wir also abhaken!“ schlug Conni vor.

„Klar“, stimmte Joni zu, „und jetzt erst mal Eis essen, wie findet ihr das?“

Damit waren die beiden Jungen sofort einverstanden. Sie gingen zurück zum Bahnhof, wo sie vorhin eine italienische Eisdiele gesehen hatten. Es schien immer wärmer zu werden, obwohl die Haupt-Mittagszeit vorüber war.

Drin in der sehr bunt ausgemalten Eisdiele war es schön kühl.

Sie stellten sich in die Schlange der Wartenden. Es roch gut nach Vanillewaffeln und nach Kaffee.

Den Leuten, die an den Nierentischen mit Messingkante ihre großen bunten Eisbecher verputzten, schien es gut zu schmecken.

Endlich waren sie so weit vorn, daß sie in der beleuchteten Glastheke die Eissorten sehen und auswählen konnten.

Joni ging es wie meist: Es war so vielerlei, und alles sah so unheimlich lecker aus, daß sie sich nicht entscheiden konnte, welches Eis sie nehmen sollte. Malaga, Vanille und Pistazie? Oder doch lieber Heidelbeere statt Pistazie? Und ‚Butterscotch‘, das hörte sich ja auch recht verführerisch an und sah auch so aus wie die gleichnamigen Bonbons, nur etwas heller.

Die Sorte könnte man ja mal statt Vanille dazunehmen ...

Sie wurde richtig hibbelig, weil es jetzt fast zu schnell voranging mit der Schlange, um noch alle Kombinationen abzuwägen.

Da war Conni schon an der Reihe. Er nahm nur Frucht-Sorten: Aprikose, Heidelbeere und Zitrone.

Joni bestellte Butterscotch, Schokolade und – auch Heidelbeere.

Als Torte jetzt drankam, sagte er nur kurz: „Für mich bitte dasselbe noch einmal!“

Conni war nicht klar, ob Torte das Joni zu Gefallen tat. Er griente. Aber er fragte lieber nicht nach.

Sie setzten sich draußen an einen der Plastikgartentische, die gleichzeitig Schirmständer waren. In der Mitte der Tischplatte steckte der weiße, mit Palmen bedruckte Sonnenschirm und spendete Schatten.

Das Eis schmeckte sagenhaft gut. Sie schmatzten und schlürften. Keiner sagte was.

Dann fing Joni an:

„Ich glaube, so können wir nicht weitermachen. Erstens haben wir jetzt schon fast eine halbe Stunde gebraucht für lächerliche zwei Geschäfte, in denen wir gewesen sind. Gut, wir haben auch was herausgekriegt. Von denen kommt keins für unsere Fälscher in Betracht. Im einen gibt’s gar keine Goldschmiede, im andern nur ’ne Frau und bestimmt nicht zwei Männer, von denen der ältere Zigarillos raucht. Aber wenn das in dem Tempo weitergeht, sind wir Silvester noch nicht fertig mit der Liste.“

„Das stimmt“, gab Torte ihr recht – und er war froh, daß diese nervenden ‚Kundenbesuche‘ vielleicht beendet werden konnten. „. . . Aber was wollen wir denn sonst machen? Welche Anhaltspunkte haben wir denn sonst noch?“

Er zog einen Bogen Papier aus der Tasche und faltete ihn auseinander.

„Ich hab gestern abend noch mal alles in den Computer getippt, was wir bisher haben. So übermäßig ist das auch nicht: Beide männlich, einer älter und kleiner als der andere, gut gekleidet, offenbar hier aus der Gegend – wegen der Sprache – und der blaue Kombi mit der fast vollständigen Auto-Nummer. Das letzte ist natürlich das Eindeutigste. Damit brauchen wir bloß zur Polizei gehen, die würden das schnell herausfinden, wer der Halter dieses Autos ist. Aber das wollen wir ja gerade nicht, jedenfalls im Moment nicht, solange die Polizei selber auf Verhandlungen setzt, wie ihr erzählt habt."

„Ja, genau", bestätigte Conni, „aber ist das wirklich schon alles? Wir haben doch auch noch die Zigarillo-Marke. Können wir damit nichts anfangen? Los, Joni, du Genie, laß dir doch was einfallen, wie?!"

Joni lächelte halb geschmeichelt und halb genervt und warf ihre Zottelmähne zurück.

„Auf Knopfdruck geht das nicht – selbst bei so großen Geistern wie bei mir nicht!" sagte sie lachend.

Torte schaute sie schon wieder so bewundernd von der Seite an. Doch sie tat, als merke sie das nicht.

„Wir können doch nicht in die Juwelierläden laufen und allen solche Zigarillos anbieten", überlegte sie laut, „da sperren sie uns ja gleich in die Klapsmühle ..."

„Nein, das geht nicht", pflichtete Torte ihr bei, „aber wir können vielleicht in den Tabakläden nachfragen. Das ist doch so eine außerordentlich seltene Marke, ‚Krummer Hund', habt ihr gesagt."

„Nein, das hat euer Heinrich gesagt", meinte Joni.

„Nein, das hat der Oberlöffel gesagt, weil ich ihn danach gefragt habe", berichtigte Conni.

„Ist ja auch völlig egal, wer es gesagt hat, Hauptsache, es stimmt!" sagte Torte.

Es herrschte ein paar Minuten nachdenkliche Pause.

„Jaaaaa", machte Joni, „wenn's wirklich stimmt, ist es vielleicht gar nicht so schlecht, das mal weiter zu verfolgen. Hat natürlich einen Riesen-Nachteil ..."

„Welchen?" wollte Torte wissen.

„Einfach, sehr einfach ...", meinte Joni und machte eine kleine Spannungs-Pause, „... einfach den Nachteil, daß es bestimmt fünfmal so viele Tabakläden gibt wie Juweliere. Wenn das reicht."

„Aber dafür geht es auch mindestens fünfmal so schnell", sagte Torte, „eben nur mal reinspringen in so 'n Laden und fragen, ob sie ‚Krumme Hunde' verkaufen oder nicht. Wenn die so selten sind ..."

„Ja, und dann?" fragte Conni. „Was dann? Wenn sie nun welche verkaufen, was willst du dann anschließend sagen? Willst du sagen: ‚Wir suchen nämlich zwei Verbrecher, die solche Zigarillos rauchen' – oder wie? Das kommt ja wohl nicht in die Tüte, oder?"

„Nein, halt, stop!" sagte Joni. „Dafür brauchen wir eine Geschichte, glaub ich. Eine glaubwürdige Geschichte, die wir erzählen können, damit wir die Tabakhändler dazu kriegen, uns Auskunft zu geben. Am besten irgendeine dramatische oder sehr rührende Geschichte – aber auch wieder nicht zu dick aufgetragen ..."

„Oje, ich glaub, so was kann ich nicht", stöhnte Torte, „und das dann noch erzählen, als ob's wahr wäre, ganz ernst bleiben und so ... das schaff ich nicht!"

„Aber Joni kann das", berichtete Conni, „die kann das sogar teuflisch gut, so gut, daß ich selber manchmal noch drauf reinfalle!"

Er erzählte Torte, wie Joni ihn einmal felsenfest davon überzeugt hatte, daß ihr mitten in der Stadt ein Hund auf Rollschuhen begegnet sei, der auch noch einen Einkaufskorb im Maul getragen hätte ...

Joni lachte:

„Ja, aufs Verkaufen kommt es eben an! Also, los – was könnten wir denen denn erzählen, hm?"

Sie dachten alle angestrengt nach. Verschiedene Vorschläge wurden gemacht und wieder verworfen, weil sie zu albern waren.

Doch allmählich schälte sich aus den Überlegungen eine wunderschöne Geschichte heraus, die wirklich jeden überrumpeln mußte, eine so schöne Geschichte, so rührend und herzzerreißend ...

Als das vollbracht war, nahmen sie ihre Räder und zogen los.

Gleich zwanzig Meter weiter war ein Tabakladen.

Conni flitzte die zwei Stufen hoch, trat ein und fragte:

„Guten Tag, haben Sie ‚Krumme Hunde'?"

Die junge Verkäuferin guckte verwundert und dachte, er wolle sie auf die Schippe nehmen.

Ärgerlich sagte sie:

„Nein, aber einen Satz heiße Ohren kannst du kriegen, Lausejunge!"

Schwupp – Conni war wieder draußen.

„Haben sie nicht!" berichtete er.

„Na gut, also weiter. Das geht ja wirklich flott. Tatsächlich!" meinte Joni.

Sie nahm wieder das Branchenbuch zu Hilfe, um die Tabakläden aufzulisten, die sie abklopfen wollten.

In der Bahnhofstraße gab es noch zwei weitere Geschäfte – in beiden blieb aber ihre Erkundigung nach ‚Krummer Hund' ohne Erfolg.

Am Bahnhof selbst lag allerdings ein sehr großer Laden mit einer viel reichhaltigeren Auswahl. Die drei waren mit den Fahrrädern schnell dort.

Sie betraten den Laden. Wieder zirpte metallisch dieses blöde elektronische Signal wie in der Geschenkehandlung vorhin. Genau das gleiche Geräusch.

Das alte, freundliche Hutzelmännchen, das hinter dem Tresen stand, verneinte ihre Frage nach den Zigarillos.

„Die haben wir hier schon lange nicht mehr, die kauft keiner!"

Torte erklärte ihm, es müßte sie aber noch geben, denn sie kannten jemanden, der diese Sorte rauchte.

Der Alte überlegte daraufhin einen Moment ... sein runzliges Gesicht wurde beim Überlegen noch runzliger ... und gab ihnen dann einen Rat:

Sie sollten es einmal in der Altstadt versuchen.

„Da haben doch die Brüder Tews ihren Tabakladen – schon seit hundert Jahren. Und die haben auch noch diese ganzen ausgefallenen seltenen Marken. Wenn überhaupt einer so was hat, dann die!"

Er beschrieb ihnen den Weg.

„Danke für den Tip!“ riefen sie im Hinauslaufen. Vom Bahnhof aus mußten sie rechts die frühere alte Dorf-Hauptstraße an einem Weiher entlangfahren. Dann führte die Straße einen ziemlich steilen Hügel hinauf, so daß es nötig war, kräftig in die Pedale zu treten.

Oben weitete sich die Straße zu einem kleinen Platz, der zum Teil noch von wunderschönen alten Häuschen umstanden war.

Das war der Marktplatz des alten Ortskerns, der vor Hunderten von Jahren hier auf dem Hügel angelegt worden war, um gegen Überschwemmungen vom Fluß her sicher zu sein.

Die Häuschen, teils Fachwerk-, teils Backsteinbauweise, mit ihren niedrigen Dächern waren so krumm und schief, daß es aussah, als lehnten sie sich aneinander, um nicht umzufallen.

Der Tabakladen lag am Ende des Marktplatzes, der sich dort schon wieder verjüngte. In großen, goldenen Buchstaben stand im Halbkreis über dem Türbogen des Backsteinhäuschens:

‚Gebrüder Tews . . . seit 1892‘.

Das Geschäft hatte nur ein kleines Schaufenster, und das lag so, daß man kaum hineinsehen konnte.

Sie mußten zwei Stufen hoch bis zur Ladentür.

Die ließ beim Öffnen eine wunderschöne alte Dreiklang-Glocke ertönen. Der Klang war ganz hell und silbrig und hallte noch nach, als die Tür schon längst wieder hinter ihnen ins Schloß gefallen war.

Da standen sie in dem dämmerigen Lädchen. Sie konnten hinter dem Tresen, der übereck gebaut war und die Hälfte des Raumes einnahm, bis unter die Decke die dunklen Holzregale erkennen, deren zierliche Säulchen und Blenden zum Teil mit Schnitzereien versehen waren, und die über und über mit Tabakwaren gefüllt waren.

Außer unendlich vielen Zigaretten-, Zigarren- und Zigarillosorten standen dort auch Pfeifenständer und Tabakdosen, und sogar von der Decke hingen vielerlei Sorten Pfeifen

PEST

herab.

Es roch stark nach Tabak und merkwürdigerweise nach Äpfeln und Feigen.

An der Wand, an der keine Regale standen, hingen alte, teilweise noch emaillierte Reklameschilder, die bei den drei Freunden den Eindruck verstärkten, sie befänden sich eigentlich eher in der Vergangenheit als in einem gegenwärtigen Tabakladen.

Schöne, blöde Werbesprüche konnten sie da lesen: ‚Aus gutem Grund ist Juno rund' – und ähnliche Geistesblitze.

„Guten Tag, womit kann ich den Herrschaften dienen?" fragte eine Stimme.

Vor lauter Staunen über das Innere des Ladens hatten sie den knubbeligen, kleinen Mann ganz übersehen, der sich nun aus einem Lehnstuhl hinter dem Ladentisch erhob.

Er war aber auch leicht zu übersehen, denn er trug ein beige-bräunliches Hemd mit grün-bräunlicher Krawatte und darüber ein dunkelbraunes Jackett. So hob er sich kaum ab von dem tabakfarbenen Inhalt der dunklen Holzregale – und zu allem Überfluß war er auch noch ziemlich braungebrannt, als wenn er eben aus dem Urlaub im Süden gekommen wäre.

Der Mann war nicht richtig dick, aber rundlich. Die Sonnenbräune in seinem ebenso rundlichen Gesicht war eher nougat- als schokoladenfarben.

Seiner rötlichen dicken Nase war anzusehen, daß er offenbar gern Wein trank.

„Tja ... also, wir haben unten am Bahnhof eben gehört, daß sie hier seltene Marken haben", fing Joni an, „... vielleicht auch seltene Zigarillomarken?"

„Das ist fürwahr richtig!" sagte der Mann mit einer kratzigen, ziemlich hellen Stimme, „da sind sie bei Tews am Ziel ihrer Wünsche, meine Herrschaften! Die feinsten Havanna, die edelsten Sumatra – hier finden Sie, wonach Ihr Herz sich sehnt! Seit hundert Jahren suchen Sie ein exklusives Haus wie das unsere woanders völlig vergeblich! Nein – nein, nur hier, bei Gebrüder Tews, ist der Kenner stets zufrieden!“

Erstaunt hatten die drei Freunde zugehört. Der mollige Mann mit der Knubbelnase redete sich richtig in Feuer mit seinem leicht gestelztem Wortschwall – der, passend zum Laden, auch noch aus dem letzten Jahrhundert zu stammen schien.

Doch dann stutzte er, musterte seine ‚Kundschaft‘ einen Moment lang und fragte:

„Aber . . . äh . . . die Herrschaften mögen mir die Frage verzeihen, die Zigarillos sind doch wohl nicht für Sie persönlich? Gehe ich mit dieser meiner Vermutung richtig?“

Jetzt kam der große Augenblick für die Story, die Joni, Conni und Torte sich ausgedacht hatten, und es würde sich herausstellen, wie wasserdicht sie wirkte.

Und während die beiden anderen mühsam ihre Nervosität unterdrückten, legte Joni los, als wäre es das Selbstverständlichste von der Welt:

„Also nein, natürlich nicht für uns selbst. Es geht um eine Zigarillo-Sorte für jemand anderen, die Sorte heißt ‚Krummer Hund‘.“

Der knubbelige alte Mann nickte und griff hinter sich ins Regal. Er zog einen kleinen Holzkasten heraus, stellte ihn auf den Ladentisch und entnahm ihm mit sicherem Griff eine Blechschachtel. ‚Krummer Hund‘ war darauf zu lesen und weiter: ‚Zehn Zigarillos‘. Die beiden ‚L‘ von ‚Zigarillos‘ bildeten sehr kunstvoll das Ende eines Schnörkels, zu dem sich der Rauch formte, der aus dem darunter abgebildeten Zigarillo kam.

„Voila, bitte sehr, die Dame!“ sagte der Alte.

„Oh, toll!“ rief Joni. „Sie haben die also tatsächlich! Endlich! Das ist ein Glück!“

Der Knubbelige runzelte die Stirn. „Mit Verlaub, wertes Fräulein“, meinte er, „vielleicht darf ich Sie ergebenst berichtigen: Dieses ist keinesfalls Glück, sondern das Resultat sorgfältiger Planung im Dienste des Kunden. Und dies hinwiederum gehört seit je zum erlesenen Service des traditionsreichen Hauses Gebrüder Tews ..."

Conni trat Torte leicht auf den Fuß. Sie mußten sich zusammennehmen, um nicht loszuprusten.

„Ja, sicher, natürlich, da haben Sie recht!" erwiderte Joni todernst. „Wo hätten wir sonst diese seltene Sorte noch finden sollen."

Sie erfand noch ein paar Schmeicheleien für das einmalige und großartige Tabakgeschäft der Gebrüder Tews und rückte dann mit ihrem Anliegen heraus:

„Ja, wissen Sie, das ist nämlich so ...": fing sie an. Und dann log sie, daß sich die Balken bogen.

Neulich sei ihnen – sie wohnten angeblich alle an der anderen Seite der Stadt – das kleine Kätzchen, das sie gerade geschenkt bekommen hatten, weggelaufen ... in den Wald hinein. So hätten sie jedenfalls geglaubt. Und das sei ein so hübsch gezeichnetes, niedliches und kluges kleines Kätzchen gewesen, daß sie es ganz furchtbar lieb gehabt hätten ... und so weiter ... und so weiter ...

„... Aber nun war es nicht mehr da! Wir waren schrecklich traurig und haben tagelang gesucht, es jedoch nicht gefunden!"

So, wie Joni das erzählte, kamen den zwei Jungen fast selber die Tränen vor lauter Rührung.

Joni log weiter:

„Und auf die Zettel, die wir an den Bäumen und sonst überall aufgehängt haben, hat sich auch leider niemand gemeldet. Wir glaubten schon, daß unserem Kätzchen etwas zugestoßen wäre – und daß wir es vielleicht deshalb nie, nie mehr wiedersehen würden ..."

Der kleine Knubbelige, dessen Mund sich beim Zuhören halb geöffnet hatte, war mittlerweile ‚reif'. Er schniefte gerührt durch seine rötliche Weintrinker-Nase, so ergriffen war er.

„Aber dann", fuhr Joni fort, „dann geschah doch noch so was wie ein Wunder! Vor drei Tagen ist ein Mann gekommen, der unser Kätzchen gefunden hatte. Stellen Sie sich das vor:

nach zehn Tagen! Er hat es wohl von einem Baum runtergeholt, wohin es sich verstiegen hatte. Aber so genau wissen wir es nicht, und das ist auch das Problem, das wir haben – und weshalb wir auch zu Ihnen gekommen sind. Wir sind nämlich an dem Vormittag, als der freundliche Mann unser Kätzchen zurückbrachte, alle drei in der Schule gewesen. Und Tante Elsbeth war die einzige, die zu Hause war. Ja und sehen Sie: Unsere Tante Elsbeth ist leider taub, sie kann nichts hören. Sie hat zwar versucht, den Mann zu überreden, seine Adresse oder Telefonnummer dazulassen, damit wir uns bei ihm bedanken könnten. Aber er war offenbar so bescheiden und nett, daß er das gar nicht wollte und nur die Katze abgab ... Vielleicht hatte er es auch eilig oder so, ich weiß nicht!

Jetzt suchen wir schon drei Tage, um uns bei dem netten Herrn zu bedanken. Wir wollen ihm irgendeine schöne Überraschung bereiten. Aber das geht natürlich nur, wenn wir ihn finden! Wir wissen ja noch nicht einmal, wie er heißt!"

Während sie das sagte, sah sie sehr unglücklich aus und schaute den knubbeligen Alten bittend an.

Der mußte sich erst einmal die Rührung von den Stimmbändern räuspern, ehe er sagte:

„Ja, das ist natürlich eine schwierige Situation, in der sie da sind. Doch, wenn ich offen sprechen darf, so fühle ich mich ... in gewisser Weise – äh – überfragt, verstehen Sie? Denn wie könnte ich Ihnen denn da weiterhelfen? Ich kenne doch den Herrn ebensowenig ... wie –" da läutete die Ladenglocke, und ein Kunde trat ein, unterbrach ihr Gespräch und verlangte einen speziellen Tabak.

Als er wieder gegangen war, setzte Joni neu an:

„Ja, das ist natürlich richtig, daß Sie den Herrn, den wir suchen, auch nicht kennen. Aber wir haben Tante Elsbeth ausgefragt und ein paar Hinweise von ihr bekommen, die ihn ein bißchen beschreiben. Unter anderem rauchte er die seltenen Zigarillos, eben diese ‚Krummen Hunde'. Und deshalb sind wir auch zu Ihnen gekommen, weil es die sonst nirgends gibt. Vielleicht kennen Sie ja zufällig einen Kunden, der die Marke raucht, etwas älter und nicht sehr groß ist und schütteres, graues Haar hat...? Und natürlich Tierfreund ist!"

„Hm..." machte der Alte, schob nachdenklich seine Unterlippe vor und überlegte, „wen haben wir denn da...", dachte er laut vor sich hin.

„Das ist natürlich schwierig – grauhaarig und älter, das sind einige. Haben Sie denn sonst vielleicht noch irgendeinen Anhaltspunkt? Irgendwas Berufliches oder so...?"

Da schaltete Torte sich ein:

„Doch, genau, das haben wir ganz vergessen zu erwähnen: Einen blauen Kombi haben die – äh, hat er gefahren, mit einer PI-Autonummer. Das hat sich Tante Elsbeth zum Glück noch gemerkt!"

„Blauer Kombi? Ja, warten Sie mal... natürlich: Das könnte gut der alte Priebe sein. Ja bestimmt... der kauft hier schon seit vielen Jahren seine ‚Krummer Hund'. Manchmal kommt auch sein Sohn vorbei und kauft sie für ihn. Die haben ihre Werkstatt am Ortsrand, ganz am Ende der Altstadt, wo die Landstraße anfängt, Richtung Jütersen. Und dann haben sie noch einen kleinen Laden an der Doppeleiche oben..."

Joni, Conni und Torte hatten gespannt zugehört. Da war sie, die erste, wirklich heiße Spur!

Der alte Mann sagte:

„... Die kenn ich gut! Sehr gute Kundschaft ist das! Da könnte ich ja gleich mal für Sie anrufen... warten Sie...!"

Er drehte sich zum Telefon, das am Durchgang zu den beiden hinteren Räumen des Geschäftes hing.

„Nein, Moment, bitte!" rief Joni geistesgegenwärtig. „Falls der Herr Priebe das ist, wollen wir ihn doch überraschen! Jetzt, wo wir nun schon so viel Mühe darauf verwendet haben, soll das doch auch eine richtige große Überraschung werden!"

Die beiden Jungen nickten heftig bestätigend und aufgeregt.

Aber es klappte: Der Alte schöpfte keinen Verdacht, sondern lächelte verständnisvoll.

„Ja, das kann ich gut verstehen!" meinte er. „Na, dann macht euch mal auf die Socken!"

Es war das erstemal, daß er nicht dieses förmliche ‚Kundschafts-Sie' gebrauchte, sondern ‚euch' sagte.

Joni wollte noch wissen, was das denn für eine Werkstatt sei und welche Art Laden die Priebes hätten.

Die Antwort machte die drei Freunde noch aufgeregter, denn sie paßte haargenau ins Bild:

„Die Priebes sind Goldschmiede", erklärte der Alte, „ihre Werkstatt ist eine Goldschmiede-Werkstatt. Und in dem kleinen Lädchen an der Doppeleiche verkaufen sie meist eigene, selbstgefertigte Schmuckstücke!"

Joni wiederholte betont, wie wichtig es sei, den Priebes nichts zu verraten, bitte, bis der große Tag der Überraschung gekommen sei.

Der Tabakhändler war so geschmeichelt, von ihr ins Vertrauen gezogen zu werden, daß sie sich alle drei sicher waren: Er würde sich daran halten!

Freundlich winkte er ihnen nach, als sie den Laden verließen.

Die schöne alte Türglocke erklang, und die drei Freunde liefen die Stufen hinab zu ihren Fahrrädern.

Fünfzig Meter weiter wandte sich Torte grinsend an Joni:

„Igitt – so eine Lügnerin und Heuchlerin bist du also . . .!"

„Ja", lachte sie, „jetzt weißt du das endlich! Abgrundtief böse, mein Lieber!"

Betrogene Betrüger

Sie radelten los, Richtung Werkstatt der Priebes, und erreichten nach kurzer Zeit jenen Teil des Städtchens, der offenbar den Ortsrand darstellte, von dem der knubbelige Tabakhändler gesprochen hatte.

Die Häuser standen hier nicht mehr so dicht beieinander. Es gab noch echte Bauernhöfe dazwischen mit Stall und Scheune nach hinten. Daneben lagen Gemüsebeete und Obstgärten mit alten Apfel- oder Birnbäumen.

Hübsch und aufgeräumt sah das alles aus und überhaupt nicht so, als ob hinterlistige Gauner und böse Fälscher hier ihr Unwesen trieben.

JOCOTOBI erkannten die Werkstatt der Priebes von weitem, denn der blaue Kombi stand davor.

„Wir müssen gut aufpassen – die dürfen dich nicht sehen, Torte!“ Joni hatte angehalten.

Torte und Conni stiegen auch vom Rad.

„Stimmt, die erinnern sich vielleicht an mich“, bestätigte Torte, „und dann wissen sie gleich Bescheid oder ahnen was – falls es überhaupt die sind, die wir suchen!“

Sie standen mit ihren Fahrrädern vor einem großen, alten Gebäude aus rotem Backstein, das zwei hohe, dunkelgrün gestrichene Holztore zur Straße hin hatte. Die waren geschlossen, und das ganze Haus machte den Eindruck, als ob es leer stünde und nicht mehr benutzt wurde.

An der Längsseite des Hauses führte ein mit Unkraut überwucherter Weg von der Straße weg nach hinten, wo ein völlig verwildertes Gärtchen zu erkennen war.

JOCOTOBI schoben ihre Räder ein Stück weit in den Weg hinein. Nun lag die Halle zwischen ihnen und dem Priebeschen Haus, und man konnte sie von da aus nicht mehr sehen.

„Am besten ist", meinte Joni, als sie die Fahrräder zusammengeschoben hatten, „einer von uns geht mal zu denen rein, Conni oder ich!"

Sie sprach ganz leise – als ob sie dort jemand hätte hören können, der das nicht sollte.

„Hm ...", machte Conni, „und dann? Sollen wir sie vielleicht fragen: ‚Waren Sie das, die am Wochenende die Masken geklaut und gefälscht haben?' – oder wie?"

„So natürlich nicht, du Schlaumeier", sagte Joni, „wir müssen uns eben wieder eine Geschichte ausdenken!"

Torte schüttelte heftig den Kopf.

„Nee, nee, Joni! Damit ist es diesmal nicht zu machen, glaube ich. Mir ist da eben nämlich noch was eingefallen ..."

Das war wirklich gut, was Torte sich überlegt hatte.

Wenn das mit der Maskenfälscherei und -austauscherei so gut geplant gewesen sei, meinte er, dann wäre es auch sehr wahrscheinlich, daß die Gangster sich vorher den Tatort – das Museum und alles drumherum – genau angesehen hätten.

„Und dabei werden sie euch bestimmt ebenso beobachtet haben wie alle anderen dort auch. Wenn das unsere Leute sein sollten ...", er machte eine Handbewegung zu der Werkstatt hinüber, „– dann kennen die euch wie mich: da möcht ich drauf wetten!“

„Wo er recht hat, hat er recht“, bemerkte Joni.

Eine Pause entstand.

Sie spürten alle drei, daß die wichtigste und wohl auch gefährlichste Phase ihres Unternehmens begonnen hatte. Jetzt durften sie nicht den kleinsten Fehler machen, sonst war möglicherweise alles vergebens gewesen ...

„Paßt mal auf“, sagte Joni in die Stille, „ich nehme jetzt mal mein Rad und flitze auf der anderen Straßenseite lang. Dabei gucke ich, ob der blaue Kombi wirklich die Autonummer hat, die Heinrich sich gemerkt hat. Dann sind wir ein Stückchen schlauer.“

Sie holte aus der Satteltasche ihres Fahrrades eine Sonnenbrille und eine kleine Schirmmütze.

„Als Tarnung!“ erklärte sie, schob ihr Rad bis zur Straße vor, guckte links und rechts nach Autos, wechselte auf die andere Straßenseite und radelte los wie angestochen.

Die beiden Jungen warteten hinter der Hallenecke.

Nach drei Minuten war Joni wieder zurück.

„Ja ...“, prustete sie und schnappte nach Luft, „eindeutig – das ist das Auto! ‚PI – PI 859‘ steht auf dem Nummernschild! Leute, ich glaube, das ist ein Volltreffer! Sagt mal, sollen wir nicht doch lieber gleich die Polizei anrufen oder so was? Das schaffen wir alleine doch nicht ...!“

„Ach was, Joni, nun beruhige dich erst mal“, sagte Torte, „die Polente können wir notfalls immer noch holen! Und vergiß nicht: Wir sind ja keine vollwertigen Menschen, sondern ‚Kinder‘ in deren Augen. Und Kindern können Erwachsene nur selten was glauben!“

„Da hast du wahrscheinlich recht“, seufzte Joni, „also: was nun?“

Nach einigem Hin und Her beschlossen sie, sich vorsichtig von hinten an das Haus der Priebes heranzuschleichen.

Vielleicht gab es dort noch mehr Beweise.

Sie schlossen die Räder aneinander und liefen in den verwilderten kleinen Garten hinter dem langen Backsteingebäude.

Von dort aus konnten sie, geschützt durch die hohen Sträucher, gut das angrenzende Grundstück einsehen, auf dem das Haus der Priebes stand.

Es war ein ziemlich langgestreckter Bau, fast ebenso lang wie die benachbarte Halle, hinter der die drei Freunde jetzt kauerten und hinüberspähten.

An der Seite des Hauses, die ihnen zugewandt war, zog sich ein breiter Gemüsegarten bis zur Straße. Auch drei oder vier Kirschbäume standen hinter einer kleinen Gartenlaube. Unter einem der Kirschbäume lag angebunden eine Ziege im Gras.

Der hintere Teil des Priebeschen Hauses war offenbar ein Stall oder mal einer gewesen.

Er war etwas niedriger als das Vorderhaus, mit kleinen, schmutzigen Fenstern in Augenhöhe, über denen gleich unmittelbar das große Dach anfing, das fünfmal so hoch war wie die Wände, die es trugen.

Ein großes Tor, in dessen linkem Flügel noch eine mannshohe Tür war, führte in den Stall. Die Tür stand offen.

Gerade überlegten Conni, Torte und Joni, über den Zaun zu klettern und durch den Gemüsegarten hindurch in diese Stalltür zu schlüpfen, da mußten sie sich schnell hinter die Sträucher ducken.

Ein Mann kam aus der Türe heraus und schloß sie hinter sich. Er stand einen Moment vor dem Stalltor, blickte auf die Weide hinter dem Haus, auf der drei Kühe und ein Pferd grasten, und stopfte sich eine Pfeife.

Er hatte Jeans an, die in Gummistiefeln steckten. Unter seinem grobgestrickten, dunkelblauen Pullover guckte ein rotkariertes Holzfällerhemd hervor.

„Das ist der andere!“ zischelte Torte aufgeregt den Freunden zu.

„Wie ... welcher andere?“ wollte Conni wissen.

„Na, der zweite, der jüngere von den beiden, die auf dem Schrottplatz waren!“ gab Torte flüsternd Auskunft. „Man kann ihn kaum wiedererkennen in den Klamotten ... aber er ist es!“

„Die scheinen noch so was wie ’ne echte kleine Landwirtschaft nebenbei zu haben, so zur Selbstversorgung vielleicht, das ganze Gemüse und so ...“, meinte Joni.

„Psst!“ machte Torte.

Der Mann hatte sich jetzt dem Gemüsegarten zugewandt und kam langsam in ihre Richtung gelaufen.

Sie duckten sich noch mehr – aber er konnte sie dort sowieso nicht sehen.

Jetzt schlenderte er an der Gartenlaube vorbei. Er tätschelte der Ziege, die aufgestanden war, als er herankam, den Kopf und sagte irgendwas zu ihr, was sie nicht verstehen konnten.

Er blieb immer mal stehen und sah zu dem Haus zurück, als warte er auf jemanden.

Jetzt hatte er schon den Garten durchquert – aber zum Glück schräg nach vorn, so daß er nun etwa zwanzig Schritte von der Stelle entfernt war, wo die drei hockten und ihn beobachteten.

Nun quietschte im Vorderhaus eine Tür.

Ein älterer, kleinerer Mann in einem grauen Arbeitskittel verließ das Haus und durchquerte ebenfalls den Garten.

Er trug eine Zeitung in der Hand und ging schneller.

„Das ist der andere!“ zischte Torte, noch leiser als vorhin.

Dann bekamen sie einen furchtbaren Schreck.

Als der Jüngere gesehen hatte, wie der andere auf ihn zukam, bückte er sich ein bißchen und ging dann schnurstracks durch den Zaun, der die Grundstücke trennte.

Da mußte ein größeres Loch sein.

JOCOTOBI hielten den Atem an: Wo wollte er hin?

Ein paar Schritte lief er jetzt sogar an der Längswand der Halle entlang auf sie zu!

Er war noch etwa acht Meter entfernt. Die drei überlegten, wohin sie am schnellsten und sichersten fliehen könnten – da blieb er stehen und drehte sich wieder zu dem Älteren um.

„Jetzt können wir hier nicht mehr weg", flüsterte Joni, „duckt euch!"

Der junge Mann mit der Pfeife war stehengeblieben und kam zum Glück nicht näher. Dann hatte der ältere ihn erreicht.

„So, Vater", sagte er, „also die von der Versicherung wollen verhandeln? Schiet, da haben sie also schon gemerkt, daß das Fälschungen sind. Ist ja fix aufgeflogen, der Schwindel! Zeig mal die Zeitung ...!"

Joni, Conni und Torte konnten in ihrem Versteck jedes Wort verstehen, so nahe standen die beiden Männer. Sie sahen sich mit ängstlichen Augen an: Die kamen ja schnell zur Sache!

Der Alte, offenbar der Vater dessen, der jetzt die Zeitung las, redete gerade über das in der Anzeige verschlüsselte Angebot, die Masken ‚straffrei' zurückgeben zu können.

„Da hast du keine Chance", meinte der Jüngere und fuhr fort: „Glaub man bloß nicht, daß die da sehr Gentleman spielen, Vater! Aber selbst wenn sie es ernst meinen, dann sind es ja auch nur erst mal die von der Versicherung. Was die Bullen machen, ist damit noch gar nicht klar!"

Conni pochte das Herz bis zum Hals.

Plötzlich wünschte er, sie hätten sich nie, nie auf die ganze Sache eingelassen, und er wäre woanders, ganz weit, weit weg ...

Den anderen beiden ging es ähnlich. Sie saßen regungslos.

Joni hörte ihr Herz so laut in den Ohren pochen, daß sie glaubte, es müßte auch außen zu hören sein.

Wenn jetzt einer husten müßte oder niesen ... o Gott!

Der jüngere Priebe hatte die Zeitungsannonce indessen auch durchgelesen.

„Da hast du wohl recht, das geht ganz eindeutig auf die Masken, Vater!"

„Ich weiß ja auch nicht, Franz", sagte der Alte, „einerseits war ich erleichtert, als ich das gelesen habe. Erleichtert, daß

wir da vielleicht so wieder rauskommen aus dem Schlamassel. Aber andererseits glaube ich, liegst du leider richtig: Eine Sicherheit ist das nicht. Wir haben ja auch viel zuwenig Erfahrung mit solchen Sachen ...“

Der alte Priebe hatte sich, mit dem Rücken zu JOCOTOBI, auf einen Klotz oder eine Kiste gehockt.

Er barg sein Gesicht in den Händen und sagte irgendwas Leises vor sich hin, das so ähnlich klang wie ‚so ein Mist!‘ und dann seufzte er ganz tief.

„Mensch, Junge, Franz, worauf haben wir uns da nur eingelassen ...?“ murmelte er.

Der andere schwieg und räusperte sich nur.

Dann geschah etwas sehr Merkwürdiges: Die Schultern des Alten zuckten plötzlich. Der ganze Oberkörper bebte. Er weinte!

Die drei Freunde in ihrem Versteck schauten sich ungläubig an.

Das gab's doch nicht!

‚Besonders knallharte Profis sind die aber nicht ...‘ dachte Joni. Conni und Torte dachten so etwas Ähnliches.

Franz Priebe, der Jüngere, legte beruhigend die Hand auf des Alten Schulter.

„Komm, Vater, Kopf hoch! Das haben wir bald hinter uns. Gott sei Dank wissen ja unsere Frauen wenigstens nichts davon. Und wenn der Dorschel die Dinger abgeholt hat, diese blöden Dinger, dann ist es wieder gut. Wirst schon sehen!“

Die beiden fingen an, einem richtig leid zu tun, so zerknirscht wirkten sie.

„Jaja, diese blöden Dinger!“ fluchte der alte Priebe und schneuzte sich. „Und dieser verdammte Dorschel, dieser Schweinehund!“

Die drei im Versteck hatten den Eindruck, daß der alte Mann mit seiner Wut seine Zerknirschung übertönen wollte.

„Das ist wahr“, bestätigte sein Sohn, „Schweinehund oder Schwein ist noch viel zu nett für den, wenn man bedenkt, was er für niedliche Ferkel gibt ...“

Er versuchte, die Stimmung ein bißchen aufzuheitern, aber es war ein matter Versuch.

„Doch was soll's, Vater", fuhr er fort, „er hat uns nun mal in der Hand, der ehrenwerte Herr Dr. Dorschel. Wenn wir nicht die Fälschungen für ihn gemacht und ausgetauscht hätten, könnten wir unseren Laden morgen dichtmachen. Wir haben das doch rauf und runter durchgekaut. Es ging nicht anders. Wir mußten ihm eben den ‚Gefallen' tun. Ich höre ihn noch, das Miststück: ‚Dann müssen Sie mir aber auch einen kleinen Gefallen tun!' – Kleiner Gefallen ... Wenn wir erwischt werden, weiß doch der saubere Herr von gar nichts. Der macht sich die Hände nicht schmutzig!"

Joni, Conni und Torte sahen sich schweigend an: Das war es also – die Priebes waren zu dem Gaunerstück erpreßt worden! Aber wie? Was hatte dieser Dorschel gegen sie in der Hand? Vielleicht wußte der von irgendwelchen ‚Dreck am Stecken' ...? Das Ganze wurde immer verrückter.

Lauter solche Gedanken gingen ihnen durch den Kopf. Doch als sie dem Gespräch der Priebes weiter zuhörten, klärte sich vieles auf: Der beschimpfte Dr. Dorschel war nicht nur ein fanatischer Kunstliebhaber und -sammler, sondern er saß beruflich im Magistrat des Städtchens, in dem die Priebes ihren Laden und ihre Werkstatt hatten.

Und in dieser Eigenschaft als Stadtrat, der unter anderem für die Erteilung – oder Ablehnung – von Betriebsgenehmigungen für Geschäfte in der Stadt zuständig war, hatte er den Priebes damit gedroht, ihnen für ihren kleinen Juwelierladen an der Doppeleiche die Erlaubnis zu entziehen, wenn sie ihm nicht – ja eben, diesen ‚kleinen Gefallen' tun würden.

Die Lage des Geschäfts an der Doppeleiche war deshalb so wichtig für die Goldschmiede, weil es zentral an der Hauptstraße und die Miete trotzdem erschwinglich war. Wenn sie statt dessen die riesigen Mieten in den neuen Wohnblocks der Bahnhofstraße hätten bezahlen müssen, wären sie am Ende gewesen.

Und ein anderer Platz, zum Beispiel am Rande der Stadt,

war schlecht, denn eingekauft wurde meist nur im Zentrum.

Das alles hatte Dr. Dorschel sehr wohl gewußt und ausgenutzt, als er ihnen sein ‚Angebot' gemacht hatte, ein Angebot, das in Wahrheit mehr eine Drohung war. Und nach einigem Hin und Her waren die Männer darauf eingegangen.

„Und jetzt läßt uns der Misthund auch noch mit den heißen Golddingern hier hängen", sagte Franz Priebe. Dabei machte er ein Zeichen mit dem Daumen über die Schulter und zeigte auf die unbenutzte Halle, neben der sie standen.

„Na ja, ist doch klar", meinte sein Vater, „und gerade jetzt, wo er durch die Anzeige in der Zeitung sicher mitgekriegt hat, daß die Fälschungen erkannt worden sind, holt er sich doch die Originale nicht ins Haus. Er ruft ja noch nicht mal mehr an. Der wartet in aller Seelenruhe ab, ob die Polizei irgendeine Spur zu uns findet oder nicht ... solange sitzen wir hier auf Kohlen, auf der heißen Ware, und haben noch nicht mal seine Unterschrift unter unserer Genehmigung."

„Genauso macht er das", bestätigte sein Sohn, „aber wenigstens sind die Dinger hier im Schuppen völlig sicher und nicht bei uns im Haus. Dort findet keiner was, selbst wenn sie uns irgendwie auf die Schliche kommen würden. Außerdem glaube ich nicht, daß die irgendeine Spur haben. Die tappen noch völlig im dunkeln. Sonst hätten sie doch so 'ne Anzeige gar nicht aufgegeben. Und wenn Dorschel am Wochenende endlich kommt – das wollte er doch, nicht ...?"

„Ja, am Wochenende", sagte der Alte. „Hoffentlich sind die Mistdinger bis dahin nicht verschwunden ...!"

„Keine Sorge – ich hab vorhin gerade nachgesehen, die liegen ganz sicher. Hier kommt doch sonst niemand her, außer vielleicht ein paar Ratten. Und die mögen kein Gold!"

Seufzend erhob sich der alte Priebe.

„Ja, dann laß uns mal wieder an die Arbeit gehen ..."

Langsam, mit gesenkten Köpfen, gingen die beiden Männer nebeneinander zurück.

Joni legte schnell den Zeigefinger auf die Lippen, damit nicht gleich losgeredet wurde.

Ganz leise flüsterte sie: „Einen Moment warten – bis die weg sind!“

Als sie sich überzeugt hatten, daß die Luft rein war – die Priebes waren wieder in ihrer Werkstatt verschwunden – holten sie erst mal tief Luft.

„Menschenskinder, das ist vielleicht ein Hammer!“ sagte Conni.

„Das kannst du laut sagen!“ gab Torte zurück.

„Lieber nicht so laut!“ flüsterte Joni.

Leise kicherten sie. Sie waren richtig befreit, weil sie nun alles wußten.

„Und was machen wir jetzt?“ fragte Conni.

„Das ist doch klar“, antwortete Torte, „wir suchen die Masken. Die sind doch hier! Irgendwo in der Halle! Dann finden wir sie und nehmen sie mit!“

„Du bist lustig“, wandte Joni ein, „da fang mal an zu suchen! Dafür brauchst du bestimmt zwei Tage in der Riesenhalle!“

„Hmm“, brummte Torte, „ach was, wir brauchen ja auch überhaupt nicht zu suchen. Wir wissen doch jetzt alles. Wir laufen einfach ins nächste Polizeirevier und erzählen, was wir erfahren haben. Dann kommen die und stellen hier den Laden auf den Kopf, bis sie die Masken haben!“

„Das kenn ich schon“, widersprach jetzt Conni, „die glauben uns kein Wort! Nein, wir müssen, wenn schon, dann auf jeden Fall zuerst mit dem Oberlöffel telefonieren und ihn informieren und hierher holen und ...“

„Wartet mal ...“, unterbrach Joni, „... die Masken sollen doch sowieso hier noch bis zum Wochenende liegenbleiben, oder?“

„Richtig, das haben Priebes gesagt“, bestätigte Torte.

„Und wir selber sind hier im Augenblick auch nicht allzu sicher, oder?“ fuhr Joni fort.

Conni und Torte nickten.

„Dann gehen wir erst mal zu den Rädern und überlegen in Ruhe!“ beschloß Joni.

Wenn etwas eindeutig vernünftig war, brauchte man nicht lange zu diskutieren, da hatte sie recht, dann wurde es eben gemacht.

Sie ging voran, die beiden Jungen folgten ihr. Sie schlüpften an der langen Mauer entlang zu ihren Fahrrädern, schwangen sich drauf und fuhren los.

„Dahinten um die Ecke war vorhin so 'n kleines Café oder so was", rief sie Torte und ihrem Bruder zu.

Dahin fuhr sie vorweg, und die Jungen folgten ihr.

Dort angekommen, bestellten sie sich jeder eine Cola. Joni setzte sich ganz feierlich aufrecht hin und hatte natürlich schon längst einen festen Plan. Nix Polizei – alles sollte ganz anders gemacht werden.

Langsam entwickelte sie den beiden Jungen ihre Idee – und das war so überzeugend, daß Conni und Torte sofort dafür waren. Die Idee war wirklich toll, denn wie von selbst lösten sich damit alle Probleme auf einen Schlag.

Die erpreßten Priebes bekamen ihre Genehmigung, das Museum bekam seine Masken zurück und – ja, sogar der Schweinehund Dr. Dorschel bekam seine Masken ... Denn das war Jonis Trick, den sie sich ausgedacht hatte.

Jetzt ging alles sehr flott. sie rasten mit ihren Rädern zum Bahnhof. Mit der Bahn fuhren sie die zwei Stationen zum Schrottplatz der terNeddens. Von dort aus riefen sie Dr. Löffel an. Joni mußte das machen. Der Oberlöffel sollte die gefälschten Masken und eine Handvoll von dem Sägemehl mitbringen, in dem die Originale gelegen hatten.

„Bitte, Papa, frag jetzt nicht viel – wir erklären dir alles, wenn du hier bist und uns abholst! Nur so viel: Wir haben die Masken gefunden!" schloß Joni das Telefonat und legte auch gleich auf, damit ihr Vater nicht viel fragen oder gar widersprechen konnte.

Sie aßen einen Happen zum Abendbrot, denn inzwischen waren sie hungrig geworden.

Swantje terNedden, Tortes Mutter, staunte nicht schlecht, als sie ihr berichteten, was sie erlebt hatten.

Ebenso überrascht war der Oberlöffel, der kurz danach eintraf. Zuerst wollte er natürlich die Polizei einschalten, aber dann, als Joni, Conni und Torte alles ausführlich erzählt und ihren Plan entwickelt hatten, ließ er sich erweichen, mitzuspielen.

Joni hatte sich sehr für die Priebes ins Zeug gelegt:

„Die haben doch keinen einzigen Beweis dafür, daß der Dorschel sie erpreßt hat! Dafür gibt's nur uns als Zeugen des Gesprächs der beiden Priebes. Und wir sind nun mal bloß Kinder ... Du weißt doch, Ovi, wie das dann läuft!"

Also wurde Jonis Plan durchgeführt.

Ziemlich spät am Abend ging es los. Sie waren alle total aus dem Häuschen, als sie gemeinsam mit Vater Löffel wieder hinaus zu der Halle fuhren. Vor allem Billie mußte mit. Er saß hinten im Auto auf seinem Birnen-Hinterteil und hechelte aufgeregt, als wenn er wüßte, worum es ging.

Alles schlief dort schon, und so konnten sie ungestört suchen. Es dauerte gar nicht so lange – ungefähr eine halbe Stunde – dann hatten sie die Masken gefunden. Nein, nicht sie, Billie hatte sie gefunden. Mit Hilfe des Sägemehls, das Dr. Löffel mitgebracht hatte, und dessen Geruch den klugen Hund auf die Spur gebracht hatte.

Mattglänzend lagen die kostbaren Inka-Masken in der alten Wolldecke, in die Priebes sie eingewickelt hatten.

Dr. Löffel war überwältigt. Er drückte seine Kinder an sich und juchzte leise. Dann nahm er das Zeitungspapierpäckchen, das er mitgebracht hatte, wickelte es aus – tat die Fälschungen in die Wolldecke, in der die Masken eingewickelt gewesen waren.

Sie schlichen zum Auto zurück. Die Sache war in Ordnung ...

Auf dem Heimweg sangen die drei ganz laut im Auto. Und der Oberlöffel sang mit. Dazwischen kicherte er verschmitzt. Als Joni ihn darauf ansprach, rückte er mit der Sprache heraus:

„Na ja, ihr wißt ja, während meiner Ausbildung, da habe

ich manchmal sogar etwas gelernt. Und unter anderem habe ich gelernt, wie man beim Restaurieren neue Metalle so hinkriegt, daß sie wie alte aussehen. Na? Ahnt ihr was? Dazu braucht man bloß ein bißchen Chemie, schon kann auch der Fachmann von außen kaum noch unterscheiden, ob etwas echt oder nachgemacht alt ist. Und als ihr vorhin eure Idee erzählt hattet, da war ich so begeistert, daß ich mich gleich mal ein bißchen an den Fälschungen zu schaffen gemacht habe. Die können die Priebes jetzt selbst nicht mehr von den Originalen unterscheiden, geschweige denn der ehrenwerte Dr. Dorschel!"

„Juhu! Klasse! Spitze! Super!" JOCOTOBI jubelten.

So kam es, daß der Kunstwelt die echten Goldmasken der Inkas erhalten geblieben sind.

ENDE

Ein Drachen und ein Schatz

Beim Drachensteigenlassen lernen JOCOTOBI einen alten Mann kennen, der ein Wissenschaftler, Weltenbummler und Sonderling ist. Er haust in der verwahrlosten Gärtnerei seines verstorbenen Vaters, züchtet Warmwasserfische, sammelt Krimskrams und kann wundervoll erzählen. JOCOTOBI verhindern, daß ein schlitzohriger Gauner ihn um kostbare Stücke seiner Insektensammlung betrügt, verhelfen ihn zu ein bißchen Geld, damit er nicht mehr ganz so dürftig lebt, und sie finden auf dem Gelände nach einem ziemlich schrecklichen Ereignis etwas, das alles – aber auch alles für den alten Mann zum Guten ändert.

Gefahr in den Ferien

Seit Bestehen der Bande JOCOTOBI müssen sich Joni und Conni erstmalig für ein paar Wochen von Torte trennen, weil der zu seinem tollen Großvater Ben nach Mallorca fährt, während die beiden Geschwister noch gar nicht wissen, was aus ihren großen Ferien wird. Aber bereits am ersten Tag geraten sie in eine irre Geschichte, bei der es um eine gestohlene Erfindung, um Brandstiftung, ja um Mord und Totschlag geht.

Der Verbrecher, durch den das alles ausgelöst wird, setzt sich mit der gestohlenen Erfindung nach Mallorca ab, wo ihn Torte – von Joni und Conni informiert – ausfindig macht. In einer atemberaubenden Aktion gelingt es JOCOTO, nachdem die beiden Daheimgebliebenen nachgereist sind, die wertvollen Unterlagen der Erfindung dem Gangster und seinen Kumpanen abzujagen.

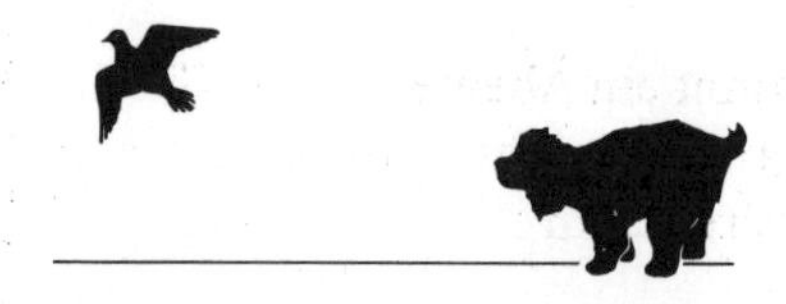

Auch Wölfe fressen aus der Hand

Auf dem Weg ins Kino geraten JOCOTO mitten in die Aufregung um ein verunglücktes kleines Mädchen, das in echter Lebensgefahr schwebt. Conni hat eine Idee, wie das Kind zu retten sein könnte – und er hat auch den Mut, der dazugehört.

Der Vater des Kindes, ein Bauunternehmer namens Wolfmeier, verspricht Conni die Erfüllung jedes Wunsches für die Rettung; als sich Conni dann aber etwas wünscht, was Wolfmeier nicht in seine Baupläne paßt, hält er sein Versprechen nicht.

Darüber sind JOCOTO so sauer, daß sie, von einem Reporter unterstützt und von ihren Eltern ermutigt, alle Hebel und Tricks in Bewegung setzen, um den Wortbrüchigen in die Zange zu nehmen. Das ist nicht ganz ungefährlich – aber sehr lehrreich für JOCOTO ... und letzten Endes mündet es in einer Überraschung.

Das Gartenlauben-Geheimnis

Im Wald am Stadtrand hat Torte etwas entdeckt, das er Joni und Conni unbedingt zeigen will.

Sie machen sich mit den Rädern auf den Weg. Unterwegs, als sie die Kleingartenkolonie „Immergrün“ durchqueren, kläfft Billie, Tortes kluger Hund, aufgeregt die windschiefe Laube auf einem verwahrlosten Gartengelände an.

Die drei werden neugierig und finden in der Laube ziemlich seltsame Sachen und einen angebundenen kleinen Pudel.

Damit beginnt ein Abenteuer, das für einen von ihnen zu einer ernsthaften Gefahr wird. Und wenn die Brieftaube Bips nicht wäre, dann . .